竜伯爵の花嫁選び

華藤えれな

1　花嫁選びの夜

深い森の奥に、ひっそりと暮らしている一匹の竜がいた。

人間たちから『竜伯爵（りゅうはくしゃく）』と呼ばれていた彼は、人里離れた森の奥にそびえ立つ険しい山の麓（ふもと）でひとりぼっちで暮らしていた。

けれどある日、彼はその場所に人間の男性を連れてきてしまった。

それが恋の始まりともわからないまま。

その出会いが自分の運命を大きく変えてしまうとも知らずに。


「……本当は、おまえを連れてくる気なんてなかったんだからな」

目の前で、意識を失っている愛らしい人間の男を竜伯爵はやるせない眼差しで見下ろしていた。

全身に傷を負いながらも、どうしても気になって連れてきてしまった人間の男……。

朝の光がその人間の姿をまばゆく照らし出している。

さらりとした黒髪、整った愛らしい目鼻立ち、可憐な口もと、小柄な体躯（たいく）、手には宝石で装飾された短剣……。

「生きているのか？」

恐る恐る前肢(まえあし)を伸ばし、そっと男の額に触れてみる。ほんの少し指先に力を加えれば、それだけで彼の頭蓋骨(ずがいこつ)が壊れてしまいそうな気がした。

「ん……っ」

ふっとあたたかな吐息が指に触れる。

そよ風に撫でられるような感覚に思わずクスリと笑ってしまう。

なにもかもが驚くほど小さい。

それにとても愛くるしい。

「この人間は……確か……日向(ひなた)という名前だったな」

意識をとりもどしたら、彼——日向はどんな顔をするだろう。

彼が目覚めたときに、なぜ、あの瞬間、あんなことを口にしたのか、尋ねようと思っていた。

生贄(いけにえ)の花嫁を選ぶ場所に、どうして日向がいたのか。

そしてどうして自分を呼んだのか。

『ぼくの相手は、竜伯爵だけだっ。竜伯爵以外の相手はしない！』

ぼくの相手——？

それはどういう意味なのか。

彼は花嫁になりたいと言っているのか？

本当にそれを望んでいるのかどうかわからない。

けれど『相手になってくれ』——という言葉に引き寄せられるように、竜は大きく翼をはためかせて地上へと向かった。

そして彼に肢を伸ばしていた。

耳の奥に、かつて父親から言われた言葉を響かせながらも。

『いいか、息子よ。人前では、絶対に真実の姿を晒してはならないぞ。たとえそれが花嫁になる相手であっても』――という言葉を。

†

森の奥から聞こえてくるピアノの音が好きだった。

ゆるやかな水流のように耳に流れこんでくる旋律。

その音楽を聴いていると甘く優しい気持ちで胸がいっぱいになった。

どんなに辛いことがあっても哀しいことがあっても、その音色を聴いているだけで雨上がりの大平原に降り注ぐ太陽の光のようにすべてが輝いて感じられたから。


「――雨だ、まずい、早く帰らないと」

午前中は晴れていたというのに、午後になったとたん、今にも雨が降ってきそうな暗い雲が上空を

覆い始めた。

　買い物に出かけていた日向は、あわてて帰途についた。

「待って、そのバス、乗ります！」

　郊外へと向かう路線バスに飛び乗り、空いている席に腰を下ろす。

　住宅街を抜け、大草原を横目にしながら三十分ほどかけて村の郊外へと向かっていく一日に数本しかない路線バス。

　バスの終点には、小さな集落の奥に宮殿のような広大な敷地を持つ子爵（ししゃく）家の邸宅が建っている。

　日向はそこに住んでいた。

　乗客たちが点々とまばらに座っている。ガタガタと石畳の上を走っていく振動を感じながら一番後ろの座席にゆったりと座り、日向は雨に濡れる窓の外に視線を向けた。

　窓ガラスに叩きつけるような雨が降っている。

　中欧――美しい草原の国ハンガリー。

　豊かなドナウ川が流れる首都ブダペストの北東にある湖に面した城下町――ルーマニア、スロバキア、ウクライナとの国境沿いにそびえるカルパティア山脈がのぞめる中世から続くその街で日向が暮らすようになって六年になろうとしていた。

　ぼんやりと外の風景を眺めていると、前の席に座っていた男性が振り返って話しかけてきた。

「おや、オルツィ子爵家の坊ちゃんじゃありませんか。今は亡きお嬢さまと日本人の男性との間に生まれたという。確か、名前は……」

　隣村に住む農家の男性だった。その顔に見覚えがある。

「こんにちは。名前は日向です」

「それで、どうなんですか、子爵さまの御容態は？　寝たきりになられてから、もう随分になると思いますけど」

　老人が後ろを向いたまま問いかけてくる。

「最近は元気になりましたよ。このごろは、車椅子で散歩できるようにもなりましたし、この一、二年は、ブダペスト近郊で湯治をすることも増えて」

「それは良かった。あなたのような曾孫がいて、子爵さまも幸せですね」

「幸せ？」

「そうです、可愛がっていた孫娘さんが身分違いの恋で駆け落ちしてからは人嫌いになられて、さらに事故で亡くされて……それから家にこもりきりだったんですから」

「……え、ええ」

「その上、大きなご病気になって寝たきりになられて。そんな子爵さまの世話を、日向さんがやっているんでしょう？」

「でも、ぼくは、曾祖父にとって唯一の曽孫ですから」

　日向は笑顔で言葉を続けた。

「やっぱり噂通りのいい方ですね。優しくてまじめで、子爵さま思いの曾孫だって評判ですよ」

「ありがとうございます。それは曾祖父が優しい人柄だから、ぼくも何とかして応えたいと思っているだけです」

　突然の事故で両親を亡くし、孤児になってしまった日向をひきとり、曾祖父は衣食住に不自由しないようにしてくれ、さらには教育をつけてくれた。どれほど感謝していることか。

「確かに子爵さまは優れたお人ですね。貧しかったこの地を今のように豊かにしてくれたのは子爵さまです。働く場所と安定収入を保障してくれて、どれほど助かったことか」

「そう思っていただけたら、曾祖父も本望だと思います。ありがとうございます」

日向はさらに笑顔を深めた。

曾祖父がとても可愛がっていた孫娘というのが、日向の母親にあたる。

この地に生えている特殊な薬草を人々の役に立てたいという思いから、ウィーンの大学で薬学を学んでいた母。

そこで医師として研修にきていた日本人――日向の父親と恋に堕ちた。

ハンガリーの大貴族の後継者と、東洋から来ている研修医。身分も国籍も超えた二人の恋は、当然のように曾祖父から大反対された。

駆け落ちして父と結婚し、ケニアに移住した母はそこで父とともに医療に携わり、日向が生まれた。

けれど日向が十二歳のころ、二人は事故で亡くなってしまった。

一家で乗っていたバスが断崖から転落したのだ。

日向も大怪我をし、しばらく意識が戻らず、目を覚ましたときは事故から数カ月が経っていた。

そこで代理人の弁護士からすべてを聞かされた。

両親が亡くなってしまったことと、今後、日向のことはハンガリーにいる曾祖父が面倒をみてくれるということを。

両親の突然の死。激しいショックにベッドで泣くことしかできなかった日向にとって、曾祖父の存在だけが生きる支えになった。

いつも亡き母から聞かされていた曾祖父のこと。彼に反対されていたのに父と結婚したことを申しわけなく思っていた。

母のその気持ちもあり、日向は曾祖父に尽くそうという気持ちでハンガリーへと向かったのだ。

それから六年間、日向は子爵家の屋敷に住み、家庭教師に勉強を教わりながら、寝たきりになっている曾祖父の介護を行っていた。


終点でバスを降りると、さっきよりも雨は小降りになっていた。

初夏の淡い夕暮れが、雨に濡れた大草原をきらきらと煌めかせ、とても美しい。

遠くには、放牧中の羊や馬の姿が見え、その手前に広大な葡萄畑(ぶどうばたけ)が広がっている。

このあたり一帯は、代々、子爵家のもので、今は屋敷以外の土地を複数のワイナリーに貸し、その収益の一部を子爵家の収入としていた。

ここはハンガリーでも有数のトカイワインの生産地である。

特にこの地で取れるワインは評判が良く、土地を貸しているだけで、毎年、子爵家は莫大な収入が得られる。

曾祖父はいつかそれを村の人たちに還元したいと考えているようだった。

「子爵さまは元気か?」

「やあ、旦那さまによろしくな」

道を歩いていると、ワイナリーで働いている近隣の住民から声をかけられる。

(もうそろそろ夏至か)

日向は辺りを見まわした。

スロバキアとウクライナ、ルーマニアの三ヶ国の国境が近く、恐ろしいほど剣呑なカルパティア山脈の裾野に当たるこの土地は、曾祖父が支援したワイン事業で成功するまでは、何の産業もなく、中世のまま時間が止まったような場所だった。

今でもまだ迷信深く、狼男、吸血鬼といった魔物の伝説が信じられ、つい最近まで魔女狩りがあったらしい。

それに森の向こうにそびえたつ山の奥には竜が生息しているとも言われ、新月の夜、竜伯爵という竜の化身が処女を生贄の花嫁として連れていくという伝説も存在する。

本当かどうかわからないが、今も『花嫁選び』の風習だけは受け継がれ、毎年、村の女性が数人、湖の中にある小島の祭壇で一夜を明かすことになっているのだ。

儀式のときに竜が現れたことは一度もないのだが、その祭祀をつとめるのが子爵家なので、曾祖父の名代で日向も祭に参加していた。

見張り役として教会で一晩過ごすだけなのだが、もう間もなくその日がやってくる。今年は七十年に一度の大きな祭になるらしい。

そんなこの地を代表する名産品のワイン。その畑の前に建ったワイナリーの建物を横切った奥に曾祖父——オルツィ子爵家の邸宅が建っている。

オーストリー・ハンガリー帝国時代に建てられたという邸宅は、共産主義時代にも政府の手が届くことなく、ずっと昔ながらの暮らしをしていたとか。

「ただいま、町から帰って来たよ。今、夕食の支度をするからね」

曾祖父に一声かけ、厨房へとむかう。

今夜のメニューは牛肉とパプリカのグヤーシュというスープを予定していた。

曾祖父の大好物である。子爵家には、代々、子爵家に仕えている使用人たちもいるが、曾祖父の介護と食事の支度は日向が担当していた。

厨房でエプロンをかけ、朝のうちにしこんでおいたグヤーシュに火をかけていると、使用人の女性が感心したように声をかけてきた。

「日向さまはご立派ですね、そんなことは我々に頼めばいいのに。いつもいつも子爵さまのお世話をなさって」

「好きでやっていることですから」

笑顔で答える日向の姿が、厨房の壁の鏡に映っていた。

母は金褐色(きんかっしょく)の髪に琥珀色(こはくいろ)の眸(ひとみ)をしていたが、日向は黒髪、黒い眸……と、日本人の父親の血が濃く出ている。

といっても、くっきりとした目鼻立ちや透きとおるような肌の色は、母によく似ていて、色違いのレプリカのようだと囁(ささや)く村人もいるという。

父の名残りと母の面影。

それが自分に宿っていることを嬉しくは思っているが、そのせいで、最初のうち曾祖父は少し複雑な気持ちで日向を見ていたように感じていた。

自分を見て、二人を思い出し、曾祖父は哀しみを倍増させていたのではないか。憎い男を連想させる黒髪と黒い眸、一方で、母に酷似している顔立ち。

こんな曾孫、見たくないんじゃないだろうか。

そんなふうに思って、どう接していいかわからないときもあった。

けれど父がつけてくれた名前どおりにからっとした明るくて前向きな性格をしていたのもあり、日向はできるだけ曾祖父にはニコニコと笑って元気に話しかけるようにした。両親のいない自分をひきとってくれたことが嬉しくて、その気持ちを素直に伝えるようにしたのだ。

『たった一人の家族なんだから、ぼく、おじいちゃんと仲良くしたいんだ』

一生懸命、そんなふうに言ううちに曾祖父は少しずつ心を開いてくれるようになった。

今では日向のことをとても大切にしてくれている。

「はい、あったかいグヤーシュ、持ってきたよ」

真っ赤なパプリカの色に染まった牛肉とジャガイモのスープ。

グヤーシュは、多分、世界で一番美味しいスープだと思う。香ばしいパプリカと牛肉、それから仄(ほの)かなガーリックの混ざった香りが熱々の湯気とともに立ちのぼってくる。

その香りを吸いこんだだけでも空腹が刺激されて困ってしまうのだが、濃厚でコクのあるスープを口に含んだが最後、生きていてよかった、もうこれだけで幸せだと思うほどのおいしさが口内に広がっていく。

「ああ……おいしいな、生きかえるよ」

「よかった。明日はパプリカと肉団子の煮込みにするからね」

トレーを抱きしめ、日向はにっこりほほえんだ。

「それはいいな。楽しみだよ」

自分の作った料理を曾祖父が幸せそうに食べてくれるのがとても嬉しい。日向がその様子を見て、ニコニコとしていると、ふっと曾祖父がおかしそうに苦笑する。

「どうした、なにがそんなに楽しいんだ？」

「幸せだなと思って。おじいちゃんと一緒に暮らせて本当に幸せだよ」

笑顔で言う日向に、曾祖父は少し淋しそうに微笑すると、手を伸ばして前髪をクシャクシャと撫で始めた。

「いい子だな。私もおまえと暮らすことができてとても幸せだよ。さあ、一緒に食べなさい」

今日の曾祖父はいつになくとても元気な様子だった。

「うん、今から食べるね」

ベッドサイドのテーブルに自分のトレーを置き、おしゃべりをしながら一緒に食事をする。まだ母の話はタブーなのだが、それ以外の、このあたりの歴史や伝説について曾祖父はいろんな話をしてくれた。

「日向、そうだ、言っておくが……以前に話をした竜伯爵の森だが……あの奥には、絶対に行ってはいけないぞ。特に今年は」

竜伯爵の森の話は、数日ほど前に聞いた。そこに伝説の竜が住んでいるという。

「特に今年？」

「ああ、七十年前に生まれた竜がそろそろ成熟するころだ。とても危険なんだよ」

「危険て……でも、あの綺麗なピアノの音が聞こえてくる森だよね？」

「聴いたことがあるのか？」

「あ、うん。ここにきたころから聞こえていたよ」

「そうか、そうなのか」

「聴いたらいけないの？　すごく綺麗な音なのに」

「いや、あれはピアノではなく、竜伯爵が動いているときに響いてくる森の洞窟の音だと伝えられている。ということはもう六年前には成熟していたことになるな」

「そうなんだ、ちゃんとした音楽に聴こえるのに」

「実際のところはどうなのかわからないが、昔からそうだと言われていて、あそこから音が聞こえてきたときは、みんな、怖がって近寄らないようにしていたんだ」

「怖がって？」

「ああ、竜伯爵は恐ろしい魔性の生き物だ。だから音楽が聞こえてきたときは近づかないように」

「えっ、じゃあ、竜って伝説の生き物じゃなくて現実にいるの？」

日向が問いかけると、祖父は食後の紅茶を飲み干し、いつになく真剣な表情で窓際にある戸棚に視線をむけた。

「その件で、おまえに大事な話がある。聞いてくれるか？」

「あ、ああ」

「先に渡しておきたいものがある。そこの戸棚を開けなさい」

曾祖父に言われ、窓際の戸棚を開ける。そこには、封筒と三十センチ弱の短刀が入っていた。

「これは？」

「まずその短刀だが、それは代々我が子爵家の後継者に手渡しをしてきた家宝だ」

家宝と言われるだけあり、豪華な金細工に宝石が散りばめられた宝剣だった。

「すごい宝剣だね」

「ああ、宝剣であり、神剣でもある」

「神剣……か」

触れたとたん、不思議な気配を感じた。

柄をつかんでみると、思ったよりも軽く感じるのにずしっと手のひらにかかる重み。

けれどただ重いのではない。

むしろ手のひらに吸いこまれるようになじむ。曾祖父が神剣と言うだけあり、剣全体からなにか得体の知れないオーラのような重みを感じる。

「その宝剣と財産のすべてをおまえに託す」

曾祖父ははっきりとした口調で言った。

「えっ……」

日向は大きく目を見ひらいた。

「弁護士を通じて、おまえを正式な子爵家の後継者にする書類を作成した。封筒を確かめなさい」

驚いて封筒から書類を取りだすと、そこには、子爵家のすべての権利を日向に譲渡すると記されていた。

「待って。親族たちが……何と言うか。ぼくは財産なんて、別に欲しいと思ったことがないし、おじいちゃんが元気でいてくれればそれでいいんだから」

「それでは私が困るんだ」

「おじいちゃんが困るって？」

子爵家の直系は、日向以外に存在しない。

だが、曾祖父の弟妹の子孫が子爵家には大勢いて、もうずっと長い間、ここの莫大な土地と財産を狙っている。

「強欲な親族どもなど知るものか。こんな身体になった私の介護を親身になってしてくれたのはおまえだけだ。心の底から私を大切に思って、介護に励んでくれた。だからすべておまえに渡したいんだ。これは私の気持ちだ」

曾祖父は強く日向の手首をにぎりしめた。

「でも介護は財産のためじゃなくて、大好きなおじいちゃんと一緒にいられるのが嬉しくてやっているだけで……」

日向は泣きそうな声で言った。

曾祖父の気持ちはとても嬉しい。

大切に思ってくれているからこその決意だろう。けれどそれは同時に、曾祖父の命がもう長くないと宣言されているようでとても胸が痛かった。

「わかってるよ。だからこそおまえにすべてを譲りたいんだ。なによりもその宝剣を」

いつになく曾祖父は強い口調で言葉を続けた。

「金と宝石だけで何億という価値のあるものだが、それ以上に、その剣はこの地方を守るためにとても大切な神剣としての役目をになっているんだ。それを手にすることができるのは、神剣を守れる資格のある人間だけ」

「……っ」

初めて聞くことに、日向は目をみはった。

「竜伯爵の伝説……その恐怖から村人たちを守ることができるのは、その神剣だけなんだ」

「これだけ？」

竜伯爵の伝説とは、夏至の後の最初の新月の夜、毎年、生贄の処女が竜伯爵に捧げられる祭の元になった言い伝えだ。

「さっきの質問だが、この地には本当に竜がいる。そして七十年に一度、本当に処女を連れて行ってしまうんだ」

本当に竜がいる？　伝説ではなく——？

「そしてわが子爵家は、七十年に一度のその日、騎士として本当に彼女の守り役をやらなければならない。今年はおまえの番だ」

「ぼくの……」

「そこの絵に描かれているとおりだ」

曾祖父がベッドの正面の壁に描かれた巨大な絵を指差す。

古いフレスコ画なのでところどころ剥げ、色も薄くなっているが、湖のなかの小さな教会の前で、竜が生贄の処女を連れて飛び去っていく様子が描かれていた。

教会の前には、宝剣を手にした貴族の青年がたたずんでいる。

「竜伯爵との契約の絵だ。我が家は、数百年前、竜伯爵と契約を結んだんだ。その宝剣を持った青年が我々の先祖にあたる」

「契約って……」

「神秘的な力を持ちながらも、伝説といわれてしまうほど、竜の数は圧倒的に少ない。理由は繁殖がとても難しいからだ」

「えっ、どうして」

「竜の世界には雌が存在しない。雄だけで人間との間にしか子を作ることはできないんだよ。しかも相手は穢れのない者でなければ」

「雄だけって……本当に？」

「ああ、昔は、竜の数ももう少し多く、繁殖の時期になると、次々と処女を連れ去っていってたんだ。女性だけではなく、少年との間にも子をなすことができるとして手当たり次第に」

「……少年との間にも？」

「ああ、実際にできるのかは知らないが」

「そうなんだ」

「恐怖と怒りを覚えた人間は、毒入りの供物を供え、この村を守ろうとした。それによって多くの竜は絶命した。ただし、彼らのなかで、神とも王ともされ、絶大な力を持っていた特別な竜——竜伯爵を除いて」

「そんなことが……」

「唯一、生き残った竜伯爵が人間に復讐することはなかった。その代わり、私たちの先祖——子爵家に契約を持ちかけてきたんだ」

契約？　人間と竜の間で？

「竜の心臓は我々にとってどんな病気も治してくれる妙薬である。竜が死んだあと、心臓を頂く。それを交換条件に、子爵家から竜伯爵のもとに生贄の花嫁を差しだすと。竜は、人間との間にしか子孫が作れないからね」

竜のほうから、契約を持ちかけたのか。

「竜伯爵はさらに感謝をこめて、この村に天変地異や自然災害が起きないように守護をするとも約束してくれた。山の綺麗な水がこちらに流れてくるようにし、強風が吹かないよう、山と草原の間に大きな森を作り、この地を守ってくれると約束を……」

それが竜伯爵と子爵家の数百年にわたる歴史の始まり。

毎年、形だけの祭が行われているが、七十年に一度だけ本物の竜伯爵がやってきて、処女を連れて行くことになっているのだ。

そのとき、古（いにしえ）の祭壇の守りをするのが子爵家と決まっていた。宝剣を持って、物陰で竜が現れるのを待ち、無事に処女が連れ去られるかを見届ける役目を担う。

「あ、でもどうして宝剣を？」

「この剣なら、竜伯爵を一突きで仕留めることができるからだ。竜伯爵が約束を破り、その場で他の人間に危害を与えるようなことがあったら、その前に子爵家の当主が責任を持って竜伯爵の命を絶つという決まりだ」

「え……でも、竜伯爵て、不死じゃないの？　毒では死ななかったんでしょ？」

「ああ。人間より、成長が遅く、寿命も少しばかり長いが、不死ではない。ただしものすごく強い」

「強いって?」

「どんな毒矢や銃でも死なないらしい。まあ、今の爆弾かミサイルでも使えば命はないだろうが。だが、人間一人で戦いを挑んでも負けてしまうだけだ。それでもこの宝剣は特別だ。神からの授かりものので、これで竜伯爵の急所、うなじか心臓を突き刺せば、一瞬で消滅してしまうといわれている」

「うなじと心臓が急所なの?」

「そういわれている。だが、急所でなくても、どこかを傷つければいいとも教えられた」

七十年に一度、祭の日に生贄の処女をさしだし、その処女との間に竜伯爵は子供をなすのだ。

「今年がその七十年に当たる。数人の女性のなかから、竜伯爵が花嫁を選ぶ」

「では、本当に?」

「ああ、候補の娘が数人その場に向かう。おまえは、祭の日に子爵家の当主として教会で一夜を過ごし、祭を見守ってくれ。そして一年後、同じ祭の日に竜伯爵が女性を返しにくる。竜伯爵の元でのすべての記憶を失った状態で」

「えっ、戻って?」

「そうだ。それも契約だ。竜伯爵からその女性を返してもらったあとは、彼女が元の世界で無事に暮らしていけるように守ってくれ」

「……っ」

「できれば、その女性と結婚するのが理想だが、無理なら、しろと言わん。自由に暮らせるよう金銭的援助をすれば。今はもうそういう時代ではないかうな」

曾祖父はそう言って苦笑した。

「……結婚て？」

「私のときは、彼女と結婚した。おまえの曾祖母だ」

「ええっ」

ぼくの曾祖母？　では、竜伯爵と自分は親戚ということになるのか。

「このことは、代々の当主しか知らない。我が家と竜伯爵はそうした深い絆で結ばれているのだ。頼んだぞ」

「でも花嫁に選ばれた女性は、一年も竜伯爵のところで怖い思いをして過ごさないといけないんだよね。生贄として。この現代にそんなことが続けられていいの？」

日向は不安げに問いかけた。

「それもこれまでずっと課題となっていたことだ。だが結果的にそれによって、この地に不吉なことが起きたら……と思うとできなかったんだよ」

不吉なこと。確かに七十年前までならそうかもしれない。けれど今はもう時代が違う。治水灌漑（ちすいかんがい）もしっかりできているし、気候も天気もすべて予測できる時代になった。

迷信深い昔ならともかく、今はもうこの地の恵みが、竜伯爵の恩寵ではなく、たんなる自然現象だとわかるはずだ。

「村の女の子が犠牲になるんだよね？　いくら、そのあと、戻ってこられるとしても、一年間、怖い思いをするなんてダメだよ」

「だが人間との間でしか、竜伯爵は子孫を残せないんだ。昔は医学も発展していなかったので、他の人間の子を宿していない女性——処女が選ばれてきたが、人間が相手ならそうでなくても、例えば男でもいいようだが、どんな形で子ができるのかはわからないんだ。戻ってきた花嫁はなにも覚えていないからな。だから、花嫁を捧げても大丈夫という理由にはならないが」

「……そうだよ、それは人間にとって悲劇だよ」

「そうだな。竜のところで一年も暮らさなければならないんだからな。いっそその宝剣で倒したほうがいいのだろうか、そう思うこともあった。日向……おまえにそれができるか？」

「えっ」

「竜伯爵を倒すことができるのは、その剣だけ。その剣を所有していいのは、子爵家の当主か後継者だけ。つまりこの世界のなかで、竜伯爵を殺すことができるのは、おまえと私だけなんだよ」

日向はハッと息を呑んだ。

「おじいちゃん……もしかして、ぼくにそれを……？」

して欲しいの？　と震える声で問いかけると、曾祖父は日向に手をのばしてきた。

「できるか？　その剣で、竜のうなじを突き刺すんだ」

この手で竜のうなじを？

「いきなり、そんなこと言われても……。もちろん一年も女の子が辛い思いをするような生贄の習慣は終わりにすべきだと思うけど、でもそのために会ったこともない、見たこともない相手をいきなり倒すなんて……ぼくには……」

「……ではどうするんだ？」

どうする――――？

日向はうつむき、しばらく考えこんだ。

女の子を守りたい。

けれどいきなり竜を殺すこともできない。

なぜなら曾祖母が竜の母親だとしたら、竜は血のつながった遠い親族ということにもなる。それこそ、ここの財産を欲しがっている遠縁と同じくらいの。

「話しあってみる。竜伯爵と、今後、どう共存していけるかを」

日向の返事に、曾祖父は安堵したような笑みを見せた。

「やはりおまえしかいないようだな、我が家の後継者は」

「え……っ」

「そういう答えが欲しかった」

曾祖父はとても嬉しそうに言った。

なにかから解放されたような、重い荷を置いたかのような笑顔に、もしかして、曾祖父はずっと竜伯爵との関係で悩んでいたのではないかと思った。

「だがもし話しあいがうまくいかず、竜がこちらに危害を与えるようなことをしてきたら？」

「そのときはぼくが責任を持って倒す。たとえそのためになにか代償を払うことになったとしても村の女の子たちを守る」

「さすがだ、さすが私が見こんだ曽孫だ。……頼んだぞ、竜伯爵を倒すも生かすも、おまえの判断に委ねる。あとのことは任せたぞ」

殺すも生かすも自分の判断。何という責任の重さだろう。

竜伯爵は人間との間でしか子孫を残せない。だが、そのために生贄を捧げるようなことはしたくない。まずは彼のところで花嫁がどのような暮らしをして、どういう方法で子をなすのかを教えてもらって、それから今後どうするのが最良なのかを話しあって……。

そんなことを考えながら日向は馬に乗り、森へと向かった。

まさかここが竜伯爵の森だとは知らなかったが、これまでに一人になりたいとき、日向はよくここに来ていた。

ここから先に行ってはいけないと言われている泉の前の木株に座り、じっと音楽に耳を傾ける。

どこからともなく聞こえてくるピアノのような音。

本当に竜伯爵が動いている音なのだろうか。どう耳を澄ましても、音楽に聞こえてくる。しかもとても美しいメロディーの。

この音を聴いてるだけで心が安らかになる。そして元気になれる。

別に悩みがあるわけでもないし、生きてるのが辛いわけでもない。

ただ無性にさみしくなるときがあるのだ。両親の死を思い出してか、曾祖父の、そう長くはない命のことを考えてか。

曾祖父が亡くなったあと、自分は天涯孤独になってしまう。そのあと、なにを目的に生きていけばいいのかわからない。

そんな不安な気持ちをこのピアノの音色がおだやかにしてくれていた。

聞いたからといって、なにか現実が変わるわけではないのだが。

だからこの森に対して恐怖心はない。竜伯爵の森、魔性の生き物がいる場所だといわれているが、ここで怖い目にあったことも一度もない。

それどころかみずみずしい森の空気を吸い込んでいると身体全体が浄化されるような心地よさを感じる。

この時間がとても好きだ。

なにより、音楽のように響いてくるこの音が大好きだ。

この世にこれほどまでに美しい音があるのかと思うほどだ。

この透明感あふれる流麗な音を彼が響かせているのだとしたら、きっと彼の心もこの音楽と同じように気高くも神聖な美しさに満ちていると思う。

そんな相手を殺すことなんてできない。

（それに……おじいちゃんの話では、竜伯爵の先祖は、仲間を人間たちに毒殺されても、復讐をしようとはせず、花嫁選びの契約を持ちかけた……）

怒りのまま復讐することは簡単だっただろうに。

つがいにできそうな相手だけを残して、あとの人間たちをめちゃくちゃにすることだって可能だったのに、当時の竜伯爵はそんなことはせず、交換条件を提示してきた。

ましてや、連れていった花嫁を一年で返すなんて。

その話を聞いたときに思った。竜伯爵はものすごく理性的な生き物なのではないか、と。

恐れられているのは姿形のせいであって、話がわからない相手ではないと思う。

そんな祖先を持つのなら、今の竜伯爵だって、話しあえば、今後の関係をどうすればいいのか見えてくるかもしれない。

どう共存していけばいいのか。嫌がっている女性を一年間も連れ去られなくてもいいようにするには、どうすればいいのか。

彼らは本当に人間としか繁殖できないのか。

そんなことも含めて、この先、どんな関係を保っていくべきなのか、じっくりと顔をつき合わせて話がしたいのだ。

宝剣を託された数日後、曾祖父が亡くなった。死因は老衰だった。

祭の一カ月前のことである。

「ありがとう、日向。おまえの明るさ、健気さ、賢さ、それから優しさにどれだけ救われたことか。今では、おまえの父親に感謝しているよ。こんなに素敵な曾孫をのこしてくれたことに」

朝、朝食を持っていったとき、曾祖父はそんなふうに言って少しだけ日向の作ったスープを口に含み、それから眠るようにして、静かに息をひきとった。

ああ、もしかして、曾祖父は逝ってしまうかもしれない。

そんなふうに思い、最期の瞬間まで、日向は曾祖父の手をにぎりしめていた。

「ありがとう、おじいちゃん。感謝しているのは、ぼくのほうだよ。ひとりぼっちになったぼくを見つけてくれてありがとう。ひきとってくれてありがとう。それから愛してくれてありがとう」

そんなふうに言い続けたように思う。

曾祖父の死はとても哀しかった。淋しくてどうしようもなかったけれど、それでも曾祖父の死に対して強く胸が痛むことはなかった。

齢九十歳での大往生。

曾祖父の人生をきちんと見送れたことを良かったと思うことにしよう、と自分に言い聞かせ、ありがとうの気持ちで葬儀を行おうと思ったのだ。

だから曾祖父の葬儀は、村人たち総出で、静かに、厳かに行うことができたのだが、葬儀のあと、最悪の事態が起きてしまった。

埋葬から屋敷に戻ったとたん、遺産や資産の権利を争う親戚が日向をとり囲んで権利を放棄しろと騒ぎ始めたのだ。

「そのことは竜伯爵の祭が終わるまで保留にしてください」

そう頼みこみ、とりあえず親族たちを落ち着かせた。

その後、祭までの間、日向は財産やワイナリーの経営について弁護士や管理人と話しあい、トカイワインの収益はすべて村人たちのものになるように、今、彼らが使っている土地はそのまま彼らに譲渡するという契約書にサインした。

邸宅は村が買いとり、今のままの状態をキープしながら、ワイナリーとして使用するとも約束してくれた。

日向は、その金を受けとってブダペストに行き、大学に進学することにした。

だが、子爵家の人間がいなくなってしまうと、竜を倒せる人間がいないとして村人たちが恐れてしまうので、それが履行されるのは、竜伯爵との話しあいが無事に済み、花嫁選びの風習がなくなってからということにした。

（まずは竜伯爵との話しあいをして、村人たちが安心して暮らせるようにしよう。おじいちゃん、それでいいよね？）

あわただしく過ごしているおかげで、祖父を亡くした哀しみや喪失感にひきちぎられそうになることがないのが救いだった。

本当はものすごく淋しくてどうしようもなかったけれど、竜伯爵との話しあいをしなければという思いが心から少しだけ哀しみを忘れさせてくれたのだ。

そうしているうちに、夏至が終わり、最初の新月の日がやって来た。

今年の花嫁たちには、十八歳で美貌の女の子が数人選ばれた。

（あれが今年の生贄の女の子たちか）

教会までいくと、全員が恋人がいるので竜の城に行くのはイヤだ、助けて欲しい、と泣きながら日向に訴えてきた。

「お願い、そんなの無理。私、絶対にイヤ。今年だけ本当の生贄になるなんて」

「私だって絶対に嫌よ。好きな人以外と結婚するなんてありえない」

「お願い、助けて。私たちを恐ろしい竜から守って。竜を倒して」

当然だろう。彼女たちのいうことは尤もだ。

「何とかできないか竜に交渉してみる」

「交渉って……そんなこと……できるの？」

女性たちが不安そうに問いかけてくる。日向は押し黙った。

交渉できるのかどうか。

できなかったときは、竜伯爵を殺すしかないのか。

殺生はしたくない。

あの美しい音を紡ぎだす相手を倒すことなんてできない。

けれどそう思っているのは日向のほうだけで、実はそうでなかった場合はどうすればいいのか。

「お願い、魔物と交渉なんて無理よ。何とかして。竜伯爵を殺して。子爵さまだけが竜を倒せるんでしょう？　お願いよ」

「頼むから恐ろしい化け物を倒してちょうだい」

「そうよ、倒してくれたらもう二度とこんなふうに、罪もない女の子たちが泣くようなことはないわ。お願い、あなたにかかっているのよ」

自分に彼女たちの運命がかかっている。

改めて事の重大さを痛感した。確かに自分には責任があるのだ。彼女たちを守るという……。


どうしたらいいのか。誰にも相談できない。

曾祖父は亡くなってしまった。父も母もいない。

財産の相談をしている弁護士相手に、迷信じみた花嫁選びの相談などできるわけがない。

どの答えが正しいのかわからないのに、人の命がかかっている。そんな重大な決断を自分が下さなければいけないのだ。

もし竜伯爵が話しあいのできない相手なら、やはりこの手で殺さなければいけないのか。

どうしていいのかわからないまま、不安と葛藤を抱えているうちに時間が過ぎ、やがて祭のときがやってきた。

小さな村の中世から続く生贄の祭である。

うっそうとしたブナの森に囲まれた湖の小島にあるカトリック系の小さな教会。

教会の傍に、古代キリスト教風の石造りの厳かな祭壇があり、そこに目隠しをされた生贄の花嫁たちが連れてこられた。

村長は今夜がどういう意味を持つのか知っている。

少女たちの両親も話を聞かされていたが、逆らうと、村にいられなくなるため、従ったらしい。

数人の女性は睡眠薬か幻覚剤のようなものを飲まされているらしく、震えて泣いてはいるものの、想像していたよりもずっとおとなしかった。

彼女らの恋人たちがどうしているのかはわからない。ここにいないということは覚悟を決めたのか別れさせられてしまったのか。

「——さあ、立派に祭の花嫁を務めておくれ」

村長や両親に祭壇の前へ連れて行かれる。

少女たちは誰もがとても美しく、ハンガリーの民族衣装がとてもよく似合っている。

華やかな色彩の刺繍（ししゅう）のエプロン、ふんわりとした袖の可愛いワンピースにブーツ、おさげの髪型の姿を見ていると、今が現代だと思えなくなってきた。

日向も子爵家の新しい当主として、中世のころの騎馬民族のリーダーのような扮装をし、腰に長剣を携え、そこで寝ずの番をすることになっている。

銃器類は持たない。武器は中世のころのまま、腰にさした長剣と胸元にある短剣、それから弓矢だけだった。

夜が更けるに連れ、湖に霧が立ちこめ始める。

あたりは薄暗い。祭壇にいる花嫁候補たちの姿が見えないよう、日向は教会の横にある墓場の入り口を飾る石造りの巨大なレリーフの陰に佇んでいる。

彼女の叫び声、もしくは、竜がそのレリーフを越えて村に近づこうとするようなことがあったら、いつでも竜伯爵を倒せる場所に待機しているのが決まりだった。

(竜を……この短剣で本当に倒せるのだろうか)

一時間、二時間が過ぎ、午前二時くらいになったが、いつまで経っても竜が現れることはなかった。

「……っ」

竜はこないのだろうか。七十年に一度やってくるというのは迷信で、本当は竜は存在しないのかもしれない。

そんなふうに思ったのは、もう間もなく夜があけようとしているのか、湖のむこうが少しずつ薄青色の世界に包まれ始めたころだった。

ふいに囲まれていることに気づいた。

「え……っ」

日向はハッとした。

闇のなか、自分にライトが向けられている。周りには数人の男。誰なのかこちらからは眩しくて姿が見えない。

けれど銃で狙われているのははっきりとわかった。

「待て。竜伯爵を殺すのか。だとしても、ここには銃は持ちこめないことになって……」

「バカなことを。竜なんてくるものか。あれは伝説の生き物だろうが」

「伝説の生き物って」

「竜なんているわけないだろう」

「でもおじいちゃんも村のみんなも、七十年に一度は、本物の竜が現れるって」

「もうろくジジイと、迷信深い村人どもの戯言（ざれごと）だ」

どうしてそんなことを。このひとたちは村人ではないのか？

「おまえは、竜と戦って、勇敢に死んだとして讃えてやろう」

「……っ」

彼らの狙いはもしかすると。いや、もしかしなくても曾祖父の財産なのか？　この祭の混乱に乗じて、日向を殺害してしまおうという魂胆のようだ。

銃口がむけられ、日向は一歩あとずさった。

「いいのか、銃で撃ったら不審に思われるぞ」

「医師も警察も買収済みだ」

カチャリとトリガーに触れる音が聞こえ、とっさに日向はライトからのがれ、祭壇のレリーフの反対側に身を翻すと、そのまま木陰に隠れた。

「畜生、素早いやつだ、どこに隠れたんだ」

見当違いの場所をライトが照らしている。このすきになんとかできないか。

息を詰め、日向は木の陰に身を潜めながらあたりを見まわした。人がいないかどうかを確かめると息を殺して、湖岸に近づいていく。

銃を発砲されたら、あの場所にいると、花嫁候補たちに危険が生じないともかぎらない。

教会から遠ざかって、彼らをそちらにおびき寄せながら無事に逃げるにはどうしたらいいのか。

警察も医師も買収されているのだとしたら、村人たちのなかにも買収されている者がいないともかぎらない。

どうしたらいい、どうすればここから逃げられる？　とにかく泳いで、この小島から逃げるのが一番か？

考えを巡らせながら潅木に身を潜めつつ湖岸まであと少しというところに近づいたとき、サーチライトのような光にパッと照らされ、日向は思わず足を止めた。

暗闇にうごめく人影。銃口をむけられている。完全に終わりだ。

「かわいそうだが、恨むなら、おまえに全財産を譲るという遺言を書いたジジイを恨むんだな」

「……金のために……殺すなんて」

「なら、遺産を放棄し、我々に譲るという申述書を書くか」

「……えっ……」

「そうすれば、命は助けてやる」

そんなことはないだろう。これだけの人数を集め、医師や警察官も買収しているやつらがそんなにあっさりと日向を逃しはしない。

「どうせ、用がなくなったあと、殺すくせに」

「そんな真似はしない」

「嘘だ。おまえたちに殺されてたまるか」

そうだ、金品目当てのやつらに殺されるわけにはいかない。花嫁候補を助けるため、いざというときは竜伯爵と戦う覚悟はできていたが。

「ぼくの相手は竜伯爵だけだ。竜伯爵以外の相手はしない！」

そう叫んだ瞬間だった。

「――――っ」

すさまじい暴風とともに、あたりに閃光が走る。

すぐにはなにが起きたのかわからなかった。

突然の旋風が上空から襲い、猛烈な風が小島をとり囲むように吹き荒れ、恐ろしいほどの雷鳴が轟く。

きゃーっという花嫁候補たちの声が反響するなか、ものすごい轟音とともに、なにか巨大な黒い物体が頭上に現れた。

「……っ」

見あげても、新月なのでよくわからない。風に飛ばされそうになりながらも、ライトを持っていた男が頭上に光を向ける。

すると大きな翼のようなシルエットが視界に飛びこんできた。

飛行機？　いや、巨大な鳥か。

猛禽類のようにも見えるが、昔、図鑑に載っていた恐竜のようなシルエットに似ていた。

でも違う。あれは――――――！

「まさ……か」

驚いて目をみはりながらも、日向ははっきりとそれがなにものなのか理解した。

竜だ、竜伯爵が現れたのだ。

そう悟った次の瞬間、大きく翼をはためかせ、竜は口から火を噴いた。

「え……」

呆然とする日向の前で、ライトや銃を手にしていた男たちが燃え始める。

「う、うわーっ、助けてくれ、熱い、熱い」

火だるまになりながら、あわてふためいた男たちが湖へと飛びこんでいく。

なにかに激しい怒りを感じているのか、竜は頭上を何度も旋回し、そこにいた男たちに次々と火を噴いていく。

激しい炎に男たちが次々と襲われ、阿鼻叫喚（あびきょうかん）の地獄絵図が目の前でくり広げられていく。

次は自分か――と日向が胸元の宝剣に手を伸ばしたそのとき、ズガーンという鼓膜が破れそうなほどの大きな銃声が聞こえた。

対岸にいた村人たちが竜に向かって猟銃を放っているのだ。

「今だ、現れたぞ、殺せっ！」

「早く殺すんだ、早くっ」

サーチライトのような明々とした光が対岸から一斉に頭上の竜を照らす。

ハッとして日向は対岸を見た。

まるで待ち構えていたかのように中世風の村祭の場にはふさわしくない警察車輌がずらりと並び、武装した男たちが竜にライフルを向けている。

竜が現れるのをわかっていて、殺すつもりでいたらしい。

次々と発砲され、弾丸が竜の翼を撃ち抜いていく。

しかし竜は臆することもなく、さらに大きく翼をはためかせ、一気に地上へと降りてきた。

「えっ！」

暗い影が頭上から全身を覆ったと思った瞬間、日向の身体がふいに空中に上がる。驚く間もなく、一瞬で巨大な竜の肢に攫まれていた。

バサバサと竜が翼をはためかせる音が耳元で聞こえたかと思うと、ひと息もしないうちに日向は上空へと連れ去られていく。

「ちょ……待ってくれ……ぼくは……花嫁では……」

花嫁ではない、と言いたいのに、翼の音で声がかき消されていく。

どこへ連れて行かれるのか。花嫁とまちがえられたのか。

どうしよう、どうすれば。

驚き、愕然としたまま、日向の身体は湖の中の小島からはるか遠くへと運ばれていく。

真っ暗な夜空。

振りむくと、東のカルパティア山脈の山の端がうっすらと明るくなり始めているのが見えた。

ハンガリーの大草原。

淡い紫色の闇に包まれた草原がはるか西の彼方に広がっていた。

2 竜伯爵の隠れ処(が)

『ぼくの相手は、竜伯爵だけだ。竜伯爵以外の相手はしない！』

ぼくの相手？

竜伯爵だけと言っているが、それは私のことか？

誰かが自分のことを呼んでいる。必要とされている。

あの日、そう思って翼をはためかせ、飛んで行ってしまった。

月も風もない、真っ暗な深夜の空を進んでいく途中、竜伯爵の脳裏には父親から言われた言葉が甦っていた。

『いいか、息子よ。人前では、絶対に真実の姿を晒してはならないぞ。たとえそれが花嫁になる相手であっても』――と。

その話を聞いたのは、まだ少年のころだったと思う。

『どうして姿を見せたらダメなの？』

不思議に思って問いかけると、父親は淋しそうな顔で答えた。

『恐れられるからだ、我々の本当の姿を見ると、人間は恐れをなし、殺そうとする。そして我々の死骸を求めるんだ。これまでどれだけの竜が殺されてきたか』

『死骸っ？　どうして？』

『我々の肉体は死とともに消滅するが、心臓だけは形を変えて花になる。それを命の花という。命の花はどんな病気や怪我も治してしまう妙薬になるからね』

『病気を治す……？』

『そうだ。だから婚姻の儀式が行われるとき以外は、なにがあっても決して人間のいる場所に行ってはならない』

婚姻の儀式のとき。

それは昔から竜伯爵の一族に伝えられている儀式だった。

ただ一度だけ、人間の住む場所に行き、彼らから与えられる花嫁を選ぶのである。繁殖と子孫繁栄のために。

『ねえ、どうして人間はぼくたちを殺そうとしながらも、花嫁を与えようとするの？』

『殺さないで花嫁を与え、子を産ませる。そのくらい、彼らは我々の心臓が欲しいんだよ。大事なものを与える代わりに大事なものを頂く、交換するという契約だ。そして子孫が生まれたら、そのお礼としてカルパティア山脈の荒々しい自然から彼らの住む場所を守る約束をしているんだ』

『じゃあ、人間がぼくたちを怖がる必要ないんじゃない？』

竜は無邪気に問いかけた。

『でも恐れているんだよ。我々がその気になれば、人間なんて一溜まりもないからな。こちらの怒りをかわないようにして、何とか命の花をもらい、さらには自然災害から自分たちの生活を守ってもらおうという考えなんだよ』

『もし約束を守らなかったら？』

『人間が約束を守らなかった場合、カルパティア山脈の荒々しい天変地異が彼らを襲うだろう。反対に、我々が約束を破ったときは、永遠にこの地から出ていくことができなくなって、竜伯爵の血は途絶え、絶滅してしまうんだ』

我々は絶滅しないために、人間に死んだ竜の心臓から咲く命の花を与えることにし、自然の脅威から彼らを守るようにしたのだ。

一方、人間たちは、妙薬と自分たちの生活の安全を求め、生贄として花嫁を捧げる。

自分の母親もそうやって人間たちから生贄として捧げられた女性だったらしい。父の母親も。さらには祖父の母親も。

『息子よ、おまえの母も人間だった。けれどどうしても私を愛することはできなかった。だから人間の世界にもどっていったんだよ』

淋しそうに言う父の顔に胸が痛んだ。

『どうして愛することができなかったの？』

竜の質問に、父はさっきよりもさらに淋しそうな表情を浮かべた。

『我々の姿は、あまりにも人間と違いすぎるからね。もちろん、代々、母親が人間なので、我々も人間の姿になることはできる。けれど、真実の姿は違うだろう？　人間にとって、この姿は恐ろしい伝説の魔物でしかないんだ』

恐ろしい魔物——。

竜といっても、人間の姿になることはできる。

自由に人間にも姿を変化させることができるのだが、竜の姿のときはぎらりとした大きな目、牙、長い爪、翼、火を吐くこともできる生き物となる。

人は竜の一族を怖れる一方、敬い、奉り、生贄を捧げて、機嫌をとろうとする。

けれど愛してはくれない。共存しようとも考えていない。そもそも同じこの世の生き物として見てくれているわけではない。

それでも彼らは、七十年に一度、我々に花嫁を捧げるのだ。

『でも蛇だってカエルだって人間と姿が違うじゃない。それなのにどうして竜だけ恐れられ、嫌われないといけないの？』

『蛇やカエルは人間と結婚しないだろう？　愛しあう必要もない。それになによりも圧倒的に我々は数が少ない。かつては世界各地にいたが……絶滅に等しい。今ではもう、この地には私とおまえしかいない』

『ぼくとパパだけ？』

『そうだ。哀しいことに』

確かに、生まれてから父以外の竜の姿を見たことはない。

『息子よ、我々は人間との間でしか子を作ることができない。だからどうしても子孫を作るため、人間との婚姻が必要になるんだよ』

人間から花嫁をもらう代わりに、死んだときは命の花を渡す——それがもう何百年も前から続いている契約。

(共生関係にあるわけだ)

愛しあってはいない。同じこの世の生き物として見てくれているわけではない。

それでも彼らは我々に花嫁を捧げるのだ。


かつての父との会話を思い出しながら、七十年に一度のその夜、竜は翼を広げて人間たちのいる場所へとむかった。

『竜伯爵よ、約束だ。花嫁を連れて行くがいい』

その声の向こうに、震えて泣いている美女たちの姿が見えた。

深い深い森の奥の湖。

その中央の島の祭壇に横たわり、目隠しをされたまま、泣きながら震えている民族衣装姿の美しい処女たち。

そのなかで一番気に入った女性を選ばなければならないらしい。

(あれが花嫁の候補たちか)

新月の夜——深夜にそこに行き、人々から姿を見られない暗闇のなか、処女を花嫁として連れてかえり、神の前で身体をつないだあと、城へと案内するのだ。

そうして花嫁はそこで小さな卵を産む。

人間と違い、妊娠期間はたったの三カ月。腹部も大きくはならない。

そして三カ月後の新月の夜、花嫁は小さな卵を産むのだ。

それから自分の胸であたため、卵もどんどん大きくなり、九ヵ月後殻を破って赤ちゃん竜が誕生するまでの間が花嫁としての役目である。

だが自分は処女を抱く気はなかった。花嫁になどする気はなかった。

（必要ない、花嫁も卵も……別に欲しくはない）

ただ形式的に処女を娶（めと）るふりをして、彼女をその小島から解放しようと考えていた。

もうこの世にたった一人しかいないのに、今さら子をなしてどうしろというのか。

これ以上、人間に恐怖を与えたくもないし、たった一年だけ、卵が孵化するまでの間の花嫁を娶るのも面倒だった。

（嫌がられている相手を花嫁にしてどうするのか。恐れられているだけで、必要とされていないのに、無理やり娶って孕ませて……そんなことをするのはいやだ）

とりあえず約束の小島に行き、一番健康そうで、一番たくましそうな体格で、肝がすわっていそうな女性を花嫁として連れていこう。

そして森の手前で解放しよう。

今は亡き父の心臓を渡して、これでもう最後だ、二度と花嫁選びの祭を催さなくていいと伝えて。

そんなふうに思って新月の夜、約束の場所へ向かった。

しかし小島の姿が見えかけたとき、恐ろしい光景を見てしまった。

その小島の中央にある教会の近くの湖岸で、花嫁ではなく、別の男が竜伯爵を呼んでいたのだ。

眩いほどのライトを当てられ、ここだと言わんばかりに目立つ場所で。

「ぼくの相手は、竜伯爵だけだ。竜伯爵以外の相手はしない！」

その声が耳に届いた瞬間、身体の奥にあるなにかが疼いた。

呼んでいる。誰かが自分を呼んでいる。

ぼくの相手――？

彼の相手とはどういうことなのか？

花嫁候補からではなく、彼を花嫁として選べと言っているのか？

（おもしろい。自ら望んで、私の相手になりたいとは……）

相手は、竜伯爵だけだ――という言葉に引き寄せられるように、竜は大きく翼をはためかせて地上へと向かった。

ゆっくりと上空から小島に向かって飛行していたそのとき、竜伯爵を呼んでいた男が銃を突きつけられ、命を狙われていることに気づいた。

凄まじい悪意と殺意がその男に向けられている。

彼が殺される――！

そう思った瞬間、竜伯爵の力が目覚めた。

思わず火を吐き、その男を肢で抱きあげ、空に飛びあがっていた。

あたりは災に包まれている。

燃え盛る教会と森。

散り散りに逃げ惑う人々。誰かが銃を放ち、翼を弾丸が貫通していく。

激しい痛みを感じながらも風に乗って夜空を飛び、ハンガリーの大草原を渡り、男を掴んだまま、山の奥にある神殿へと向かっていた。

『いいか、息子よ。人前では、絶対に真実の姿を晒してはならないぞ。たとえそれが花嫁になる相手であっても』

そう言った父の教えに背いていることに気づきながらも。

‡

一体、なにが起きたのか。バサバサという翼の音が耳から離れない。

わけがわからないまま、竜の肢に腰を掴まれ、気がつけば巨大な山脈の奥にある渓谷の中に連れてこられていた。

岩山の洞窟に降ろされ、日向はその場で意識を失った。

「ん……っ」

それからどのくらい気を失っていたのか。

いつの間にかあたりが明るくなっており、陽射しが洞窟の中に入りこんできていた。

「そうか……ぼくは……」

祭のとき、財産目的の男たちに襲われて、そこに竜が現れて――。

日向自身も狙われていたのだが、どうやら竜も狙われていたようで、ライフルで撃たれていた気がするが、どうなったのか。

「……」

陽射しに目を細めながらゆっくりと起きあがる。

中世の騎馬民族のいでたちのままだが、運ばれてきたとき、竜の爪が引っかかっていたのかあちこちが破れていた。

果たしてここはどこなのだろう。ごつごつとした岩はよく見れば鍾乳洞のようだ。

何となく方角的にはカルパティア山脈のどこかだとは思うのだが、あるいはもっと遠くにきてしまったのか。

明かりが射している洞窟の入り口から出て、外を確認しよう。そう思って立ち上がろうとした瞬間、日向は亀裂が走ったような痛みを足首に感じた。

「う……っ……痛っ」

挫いてしまったのか、あるいは折れてしまったのかわからない。

まっすぐ立ちあがることができない。まずい。どうしたらいいのか。

不安を抱きながらも岩に手をついて、何とか立ちあがって周囲を見まわした。

「……っ」

よく見れば、古代のものなのか、古い遺跡のようなものがあり、うっすらと壁画が描かれている。

竜伯爵の花嫁選びの儀式が描かれたものだった。

（やはり……ここが竜伯爵の凄み処なのだろう。こんな壁画があるということは）

日向の曾祖父の家にあったものとシルエットが似ていたので何となくわかったが、所々がぼやけていてよくわからないところもある。

最初は、祭の日、花嫁を竜伯爵がここに連れてくる絵のようだ。

次は、花嫁と竜伯爵との婚姻の様子。

その次は……。

「ダメだ……暗くてはっきり見えない」

しかし絵を見ている場合ではない。

今、ここに竜伯爵はいない。だとすれば、一旦、どこか明るい場所に行き、冷静に、何が起きたかを考えて、それから話しあいができないか考えよう。

そう思い、日向は壁に手をついて身体を支えながら足を引きずって、陽が射しこんでいるほうに向かって進んでいった。

体重をかけるごとに鋭い痛みがするものの、がんばれば歩けないわけではない。

（よかった、この様子だと骨折していない。多分、挫いただけだ）

そうしてようやく洞窟の出口までくると、洞窟の前に、車を十数台くらい置けるくらいの、天然のバルコニーのような場所が広がっていた。

高山特有の草花も生えている。

しかしそこに出た瞬間、日向は自分の目線の高さに愕然とした。

「っ……こんな……」

切り立った岩山の中腹よりやや上のあたりにいるらしい。その下はまっすぐな断崖になっていて、下りていくことができるような道はない。

見あげると、岩山の頂上のあたりには雲がかかっていて、その下のあたりを大鷲が翼を広げて大きく旋回している。

岩山の前には広大な山脈が裾野を広げ、そこには樹海とでもいえばいいのか、うっそうとした木々の森が広がり、あちこちに霧が発生しているのが見えた。

何とか下りられないか、ギリギリまで行って下のほうをのぞいてみるが、ものすごい断崖になっていてはっきりと見えない。

おそらく川が流れているのだろうが、霧が発生していてよくわからない。

下から吹きあがってくる風の冷たさ、それに強さがすごい。

一瞬で凍えてしまいそうだ。こんなところを下りていったら、途中で風に吹き飛ばされてしまうだろう。

こんなところにずっといられない。

洞窟のなかの道がどこか別の場所に通じている可能性があるかもしれない。

そうだ、あのさっきの壁画……。あれを描いたものがいるとしたら、ここにきた人間がいるということになるのだから。

もう一度、洞窟のなかに入り、壁に手をつきながら壁画の場所へとむかう。

どこかから光が入ってくるのか。なかは奥のほうまで明るかった。だとしたら、どこか外に通じている可能性がある。

「……っ」

今のうちにここを出よう、明るいうちに。

そう思って前に進もうとするが、足の痛みだけではなく、空腹感も募って意識がくらくらとして体力が持たない気がした。

腹が減った。喉も渇いた。

水か食べ物はないだろうか。でないと体力が持たない。冷静に考えることもできない。

そう思って周りを見渡したときだった。

岩場の陰に横たわっている巨大な生き物――翼竜の存在に気づいた。ちょうど洞窟の上のほうから射しこんできた光がその姿を照らしている。

「……っ！」

硬直し、日向は息を凝らして様子を確かめた。

昨夜の竜だ。眠っているのだろうか。昨夜ははっきりとわからなかったが、明るい光のなかで見ると、伝説の竜そのものの生き物だというのがわかる。

「すごい……」

翼を閉じている状態の、今の身体の全体の大きさは、日向の三倍くらいだろうか。しかし翼を広げたらもっと大きくなるだろう。

伝説通りの風貌だ。角があり、閉ざされた口元から牙が見える。

「これが竜伯爵……か」

曾祖父の話だと、この竜と自分は遠い親戚ということになる。

この竜伯爵が曾祖母の子だとしたら。

変な話だが、そうして考えると、日向の祖父の異父兄、つまり父親の系統の違う大伯父ということになるのだろうか。

（そういうの、よくわかんないけど）

仲間はいないのだろうか。たった一人でここで暮らしているのだろうか。

昨夜はどうしてあんなことになったのか。

なぜ、ここに花嫁ではなく、日向を連れてきたのか。今後、花嫁選びの祭をどうするか、話しあうつもりだったけれど、果たしてちゃんと竜と会話ができるのだろうか。

「あの……」

話しかけようとしたそのとき、日向は竜伯爵の身体の下に血だまりができていることに気づき、息を呑んだ。

「これ……」

昨夜、村人たちが銃を放っていた。

「あのときの傷か……」

曾祖父の話では、竜伯爵は不死ではない。

だが寿命は人間の何倍もあり、体力もあるが、今爆弾やミサイルで撃たれたら、平気ではいられないはずだと言っていた。

「怪我、大丈夫？」

問いかけても竜伯爵から返事はない。息の弱さ、ぐったりとした様子、まったくこちらに気づいていないことからも、竜伯爵の怪我の状態がかなり悪いのが伝わってくる。

どうしよう。どうしたら。

「あっ、そうだ」

さっき、洞窟の外につきでたあたりに生えていた草花に、傷に効く薬草があったはずだ。

日向は洞窟の外に視線をむけた。

(でも……薬を作るのに……時間がかかってしまう)

初めに見た太陽の位置から少し高度が下がっているので、今が朝ではないことはわかる。多分、日没まであと数時間くらい。

薬草をすり潰して竜伯爵の手当てをしていたら、明るい時間帯のうちに洞窟の奥を探りに行くことはできなくなるだろう。

ここで夜を過ごすのは不安だ。

けれどこの洞窟を出たところで、あたりはものすごい広さの森が広がっていて、たった数時間で人のいるところに行けるとは思えない。

そもそも竜伯爵に尋ねなければ、ここの正確な位置もよくわからないし、いたずらに森に迷いこんだら、それこそ狼や熊の餌食になってしまうだろう。

それに傷ついた竜を放置してここから離れるなんて。

「そんなの……できるわけない」

もういい、ここで、竜のそばで一晩過ごせばいいだけのことだ。

「薬を作ろう。この傷も治せるし、よく考えたら、ぼくの傷にも効くはずだ」

放っておけば、自然に弱ってしまったかもしれないのに。そうすれば、人間に恐怖を与えることもなくなるのに。

そう思う一方で、自分の遠い親族なのだ、話しあいをしてわからない相手ではないかもしれないのだから、ちゃんと助けないといけないという意識があった。

なにより弱っている生き物を見過ごすことはできない。

「待ってて、薬草で作るから。多分、あの薬は、爬虫類にも効果があったはずだから」

竜が爬虫類なのか哺乳類なのか、実際のところ、よくわからない。でも何となく見た目でそんなふうに口にしていた。

考えれば、人間から生まれたのだから、哺乳類なのかもしれないが。

「どっちでもいいな。哺乳類にも爬虫類にも効くんだから。だいたい竜なんて初めてなんだし」

呟いていると、うっすらと竜が目を開ける。

「あ……っ」

宝石のように綺麗な赤い色の目をしている。昨夜も火を噴いていた。だとしたら、伝説のサラマンダーの化身なのか。

日向と視線があったものの、弱っているのか、竜は苦しそうに息をあえがせながら、すぐに目を閉じてしまった。

何とかしないと。このまま死なせたくない。

「しっかりするんだ。今、手当をするから」

そう言ったとき、突然、あたりが暗くなったかと思うと、ドーンと遠くで地鳴りのような音が轟くのが聞こえた。

ハッと日向は洞窟の外に視線をやった。

ゴロゴロと雷鳴が鳴り響き、森の上空では見る見るうちに暗灰色の雷雲が大きく膨れていき、その雲のなかで稲光が明滅している。

「まずい、雷雨だ。嵐がくる」

カルパティア山脈は天候が不安定なことで有名だ。さっきまで晴れていたのに、上空を切り裂くような雷光が走り、豪雨が岩山に襲いかかってきた。

ここだとずぶ濡れになってしまう。大変だ。傷があるのに。

「ほらっ、起きて。洞窟の奥に移動しよう」

竜の腕を揺さぶるが、返事はない。それどころか雨が叩きつけ、ますます血が流れて竜が弱っていく様子が見てとれる。

「まずいな、仕方ない、移動するよ。たった数メートルだ。ぼくが運ぶから」

自慢ではないが、わりと体力があるほうだ。祖父の介護ベッドを移動させるのも得意だった。足の痛みを感じながらも日向は懸命に竜の巨体を引っぱった。

「死んじゃだめだよ、いいね、しっかりしろよ。死んだらダメだからな。いろいろと話がしたいんだ、だから元気になってくれ」

そう励ましながらも、心のなかで、何でこんなことしてるんだ、みんなが恐れている竜を助けようとしたりして——と自嘲する声がないこともない。

それでもやはりこの生き物を助けたかった。

本当に母親は人間なのかどうか。本当に花嫁を必要としているのか。母親が人間だとしたら、曾祖父の妻、つまり曾祖母がこの竜の母親かどうかも知りたかった。

「……く……重いな……何キロあるんだ、くっ」

力をふりしぼって、引きずっていく。

かろうじて下り坂になっていたので、雨に濡れた岩肌を滑らせるのはそう困難ではなかったが、それでも腕がちぎれそうなほど重かった。もはや足の痛みは限界を超えていた。

必死で竜を引きずり、とりあえず雨風がしのげる洞窟の入り口付近へと連れていく。

「これで……少しは……濡れずにすむかな……」

はあはあと肩で息をしながら、日向は息をついた。

「よし、薬草を摘んでくるよ。あ、ついでに水も」

外に出ると、さらに凄まじい豪雨になっていた。

あたりは夜のように暗くなっている。しかし稲光のおかげで薬草のある場所がわかった。

必要そうな量だけ摘みとり、ズボンのポケットに入れる。

それから日向は首に巻いていたスカーフを外して、雨水を貯めて、そのまま竜のいる場所に戻って行った。

「水だ、飲んで」

しかし竜は意識を失ったまま。呼吸をしているのかどうかもわからない。身体も凍りついたように冷たくなってきている。

しかしまだはっきりと手首に彼の手のぬくもりが残っている。生命があったことの証明……。

日向は竜の胸に顔を近づけていった。

「……っ」

かすかな鼓動を感じる。わずかな呼吸。大丈夫だ、息をしているのがわかる。

助けられるだろうか。いや、何としても助けたい。

意思の疎通ができるはずだと信じている。そのためにもこの竜の命を助けたかった。

あたりが暗くなっているので、一体どんな怪我の状態なのかがわからない。

くわしく知らなければ助けることができない。ときおり、遠くで稲光が閃き、それを頼りに目を凝らして傷の状態を確かめる。

よく見れば、怪我をしているのは翼だけではなかった。

腹部からも血があふれている。ライフルの銃が貫通したのだろう。大量の血が流れ出て、もう竜の命の灯火が消えかかっているのがわかった。

竜は不死ではない。致命傷を与えれば、死ぬ。曾祖父はそんなふうに言っていた。

「しっかりするんだよ！」

あのとき、あの花嫁選びの祭の場で、日向は財産目的のやつらに殺されそうになった。

この竜がいなければ、命を失っていただろう。

果たして危険から守ろうとして助けてくれたのか、花嫁とまちがえて連れてきたのかわからないが、すんでのところで助かったには違いない。

この竜は日向にとっては命の恩人だ。

「そうだ、助けてくれたんだよ。ありがとう。今度はぼくが助けるから」

日向はそう声をかけ、じっとその頭部を抱きしめ、彼の口のなかにスカーフを絞って必死で水を流しこんだ。

「……っ」

コクリと竜が飲んでくれる。

「よし。今から傷の手当てをするね」

レモングラスのような香りのする、名前も知らない薬草を採ってきた。

ハーブの一種だ。母の話では、いざというときはこれを使えば化膿することはないらしい。

雨水で泥を洗って、短剣の柄でそれをすりつぶしたあと、竜の翼や腹部に塗りこんでいく。そして自分の着ていた服の上着を切り裂き、傷口を止血してみた。

短剣がこんなところで役に立つとは。

普段の服装でなくてよかった。中世の騎馬民族の格好をしていたので、余計なものがたくさんついていて、いろんなことに活用できる。

「効きめがあればいいけど。助かってね」

祈るような気持ちで、すべての傷口に薬草を塗って、布を当てる。

手当てを終えるころには、もうあたりは夜のとばりに包まれていた。

雨はやみ、夜空には星が瞬いている。けれど繊月（せんげつ）なので月の光は頼りない。

「さすがに寒いな。夜が更けるともっと冷えこむだろうな。そうだ、サラマンダーなら、火でも起こしてくれないかな」

ガタガタと震えながら冗談めいた口調で言うと、うっすらと竜が目をひらく。

「……」

「よかった、意識が戻ったのか。ぼくは日向。オルツィ家の者だ」

ホッとして日向は笑顔で話しかけると、竜は驚いたように大きく目を見ひらいた。

その双眸には何の獰猛(どうもう)な気配もない。それどころか優しさすら感じるのはおかしいだろうか。竜はじっと日向を見たあと、ふっと息をついた。

「知っている。森が教えてくれた。それで日向……、おまえは……私を恐れたりしないのか」

突然、竜の声が聞こえてきた。

脳の奥に響くような不思議な声だった。しかしその声にも獰猛さはない。恐ろしい感じもしなかった。やはりさっきその眸に感じたようにやわらかな優しさを覚えてしまう。

日向は自嘲気味に笑った。

「よかった、話せるんだ、ハンガリー語」

「ああ、普通に話をすることができる。きちんと相手に伝わっているのか自信はないが」

自分よりきちんとした文法を使っている気がしないでもないが、同じ言葉を話しているせいか、竜への恐怖心を抱くことはなかった。

「考えれば、トカゲかイグアナか蛇のようなものなのに。それが人間の言葉を話すなんてちょっと不思議だね。森が教えてくれるって、ぼくの名前以外に他にどんなことを……」

尋ねかけたとき、冷たい突風が吹き抜け、日向はたまらずぶるりと身を震わせた。気温が下がってきたうえに、雨で濡れている。寒くて寒くてたまらない。がたがた震えている日向に気づき、竜が心配そうに声をかけてくる。

「大丈夫か」

「え……あ……寒くて」

「……なら、私の近くにこい」

「あの……」

「私の身体の内側には焔(ほのお)がある。近くにいれば自然とあたたかくなる」

身体の中に焔……。そうか、昨日も火を噴いていた。

「すごいな、ありがとう」

思わず笑顔になり、日向はにじり寄るように近づき、そっと竜に触れようとした。しかし彼がとっさに止める。

「近づくのはいい、だが触れるな」

「え……」

一瞬、動きを止める。

彼の言葉の意味がわからず、日向はじっと彼の目を見つめた。

「触れなくても、そばにいれば、あたたかいはずだ。暖炉だと思えばいい」

申しわけなさそうに竜が言う。

「暖炉……え……もしかして、触れたら燃えてしまうとか？」

日向の問いかけに、竜はぼそりと答える。

「いや、違う。おまえを襲ってしまうからだ」

小声で、困ったようにボソボソと言う。

「襲うって。でもさっき、何度も身体に触れたけど大丈夫だったよ」

「意識がなかったし、弱っていたからな。でもおまえの薬草のおかげでかなり回復した。多分……触れられたら自分の理性で本能を制御できない気がする」

「制御って？」

「できるはずだった……。いや、できると思っていた。だが、触れられるとおまえを襲って、そのまま無理矢理にでも犯してしまうと思う」

「犯す？　犯すって、ぼくを？」

　突然の言葉に、日向は驚いて問いかけた。

「そうだ、花嫁と子作りをするときのように……おまえを犯してしまう可能性がある。多分、これは初めての繁殖の時期で……」

「ああ、そうか。そうだったね。本当なら花嫁を選んでここに連れてくる予定で……。でもぼくは男だし……」

「可能性はかなり低いが、人間のオスとでも子作りができる。文献によると、かつては少年と愛しあった竜一族もいたらしい。子爵家からは女性しか捧げられていないので、私の先祖——竜伯爵の称号を名乗るもので、オスを娶ったものはまだいないが」

「そうなんだ……人間とは違うんだね」

「尤も、互いの気持ちの疎通がなければ子作りなどできないのだし、あえて出産に適していないオスが花嫁の候補にされることもなかったのだろう。そもそもオスが生贄にされるなんて考えたことはなかったし」

「それならどうして……ぼくを。男なのに、どうして」

「私を呼んだではないか、あのとき。だから連れてきた」

「呼んだ？」

「ぼくの相手は竜伯爵だけだと」

そういえばそうだった。

「あの……あれ、呼んだことになるのか？」

「だからおまえを選んでしまった。このままだと触れるやいなや、そのまま花嫁にしてしまうだろう。私は強引におまえを花嫁にする気はない」

「……わかった、触れないようにするよ」

「そうしてくれ。とにかく私に触れるな。まだ体力が戻っていないので、理性で本能を押しとどめるだけの余裕がない。だが、おまえの身体を温めることは可能だ。身体半分ほど離れた場所で過ごすといい」

「あ、ああ、わかったよ」

こうして会話をしていると、竜伯爵というのは、人間と何ら変わらない知能の持ち主で、しかも自身の本能を冷静に分析できる理性的な性質だというのがわかる。

恐れる相手ではない。これなら、きちんとした話しあいができる。

「それから、壁画の横の祠（ほこら）に行って、扉を開けろ。花嫁用の食べ物が供えてある。腹が減ったのなら、それを食べていろ」

「食べ物？」

「ああ。他にも花嫁に必要なものがある。花嫁を娶る気はなかったが、一応、儀式として必要なものは用意しておいた。なにが起きるかわからないからな。身体が濡れているならここにいたほうがあたたかいと思うが……あの祠は人間のための部屋だ、そこで過ごせなくもない」

「わかった……行ってみるよ」

奥へと洞窟を進んでいくと、壁画の横にある祠に行き、扉を開けると、自然発光する岩石のおかげでうっすらと周りが見えなくもない。

天然の大理石かなにかわからないが、綺麗な石の壁に囲まれた祠は、タペストリーのような織物がカーテンのようにかけられ、遊牧民の小屋（ゲル）の内側のような雰囲気に感じられた。

「すごい、こんなふうになっているなんて」

かつてハンガリーはアジアから遊牧民がやってきたと言われているが、布が重ねられた寝床のような場所には、歴史書で見たことのある美しい刺繍のシーツがかけられて、その枕元には十字架がかけられた祭壇があった。

「ここ……完全に人が住むための部屋だ」

祭壇には籠が置かれ、そのまま食べられるような野菜や果物が盛られていた。

イチゴ、さくらんぼ、桃、プルーン、ズッキーニ、トマト。それになぜかスポンジケーキもある。他にも料理ができるような、暖炉とシチュー鍋のセットが置かれている。

食べ物だけではない。水やワインの入った樽やここで何日か暮らせるように、毛布、それに女性用の着替えも置かれている。

代々の花嫁たちもここで過ごしたのだろうか。

「そうか……花嫁のために用意していたのか」

しかし竜がこんなものをここまで持ってきて、用意するとは思えない。人間が手伝っているとしか。彼に仕えている人間がいるのかもしれない。だとしたら、そのひとにここから人のいる場所への行き方を尋ねることもできる。

（人間と交流があるのなら……竜伯爵を恐れる必要はないだろう。話しあうこともできそうだったし、落ちついたら、今後のことを話してみよう）

水を飲み、イチゴとスポンジケーキを食べると、マント代わりにふわっとした毛布を肩にかけ、日向は竜伯爵のところにもどった。

「すごいね。あんなに食べ物があるなんて思わなかったよ。あれは誰が用意したの？　ここには人間もやってくるの？」

問いかけるが、返事はない。眠っているらしい。

日向は彼に言われた通り、毛布にくるまったまま竜から少し離れた場所に横たわった。そばにいると冷えていた身体が芯まであたたまっていく。

日向はうっすらと目を開け、竜の姿を見つめた。

どう見ても人間とはまるで異質な魔物がそこにいる。それでも彼は曾祖母の息子で、日向にとっては遠い親戚――大伯父にあたる。

竜が親族だなんて変な気がしたが、ちょっとしたつながりがあることが嬉しかった。

「大伯父さん……か。おじいちゃんの義理の息子になるのかな。不思議だね」

そんなふうに独り言を呟くと、胸の奥までじんわりとあたたかくなってくる。そして不思議な親近感が芽生えてきた。

曾祖父が亡くなったあと、財産を放棄しろと脅してきたり、財産目的で自分の命を狙ってきたりするような親戚しかいなかった。

けれどここにいる竜は違う。

こちらを犯したくないから『触れるな』と言う優しさを持ち合わせた相手。犯すことなんて簡単だろう。それなのに。

「優しいんだね、あなたは。ありがとう」

空腹が満たされたせいか、身体があたたまったせいかわからないが、少しずつ睡魔が襲ってきた。

日向はまぶたを閉じ、いつしか深い眠りについていた。

曾祖父が亡くなって以来、初めて安らかに眠れたような気がした夜だった。


それからどのくらいそこで眠っていたのか。

翌朝、あたたかい陽射しに包まれ、うっすらと目を開けると、そこに竜伯爵の姿はなかった。

また空腹を感じたので、日向は祠に行き、祭壇に供えられている食べ物を手にとった。

昨夜は気づかなかったが、部屋の片側を覆っている重い垂れ幕を開けると、洞窟の入口とはまた別のバルコニーのように突き出した場所があり、その下は断崖になっていた。

バルコニーになった部分にはちょうど湧き水が貯まるようになった泉がある。

その下から湯気のようなものが上がっていることに気づき、日向は傍らから階段のようになった岩場を数メートルほど下がっていった。するとなみなみと温泉が溜まっている露天風呂のようになった場所があった。

乳白色の美しい温泉だ。かすかな硫黄臭がする。けれど手を入れて見ると、湯自体はさらさらとしているのがわかる。

「いいかな、入っても」

誰がいるわけでもないのに、何となくそんなふうに呟くと、衣服を脱ぎ、日向はそこの温泉に浸かってみた。

ちょうどいい温度だ。ハンガリーには温泉が多いので、冬場になると曾祖父が湯治にいくことが多かったが、どの温泉の湯よりも心地よく感じられた。

「すごい、ものすごく気持ちいい」

肌に優しい湯のなめらかさ。身体が芯まであたたまっていく。

こうして温泉に浸かって、雄大な風景を見ていると、魔物が棲んでいるようなおどろおどろしさは感じられない。

それどころか、天国にいるような幸せな気持ちになってくる。

心地よさを感じながら断崖ギリギリのところまで行くと、眼下に広がる森林まで見わたせた。

信じられないほどの絶景だった。

カルパティア山脈を覆う、澄み切ったベビーブルーの美しい空。

雨の降っている場所もあるが、その上空から透明な光が降り注がれ、淡い虹が幾重にもかかっていて、幻想的な光景が広がっている。

初夏特有の新緑に包まれた眼下の森が瑞々しいペパーミント色に染まっている。

その優しい色彩とやわらかな光を眺めていると、心まで澄みきっておだやかになっていく。

あの森から流れてくる音を聞いているときのように。

竜に連れてこられた絶界の僻地なのに、百年前も二百年前も、ここに連れてこられた花嫁が無事に過ごせたのもわかる気がした。

きっと気がどうにかなってしまいそうなほど怖かっただろう。

けれどただ怖かっただけでは、一緒に暮らせないはずだ。

ここで人間らしくきちんと暮らすことができたのだとしたら、恐怖以外のなにかがここにあったからに違いない。

そんなふうに思った。

温泉に浸かっていると、はるか彼方を飛んでいる竜の姿が見えた。大空を白鳥のように優雅に飛んでいる竜を、黄金色の陽射しがきらきらと煌めかせている。

ああ、あんなところを飛んでいる。とても気持ち良さそうだ。もう傷は大丈夫らしい。すごい回復力だ。

そういえば、彼の名前は何というのだろう。

仲間はいるのかいないのか。

曾祖母の子として生まれてから、どうやってここで暮らしていたのか。

どうして言葉を話せるのか。

尋ねてみたいことがいくつもある。あの綺麗なピアノのような音のことも含めて。

温泉から出て衣服を身につけると、日向は洞窟の入口へとむかった。

手を振ると、バサバサと翼の音を立てて、竜伯爵が洞窟に戻ってくる。

「お帰り。どこに行ってたの？　あなたと話がしたくて」

笑顔で近づいて行ったが、竜伯爵が一人の男を連れてきたことに気づき、ハッと足を止めた。

それは一昨日の夜、祭の場で日向を殺そうとした親族の男の一人だった。

曾祖母の妹の子供で、六十過ぎ。名はハンス。初老の白髪の男性だが、竜伯爵とは従兄弟同士という関係になる。

「うわ……やめろー、助けてくれ……おれを殺さないでくれ」

呆然とうろたえている。

「何で……どうしてこんなところに」

竜伯爵は、断崖の前にハンスを置き、日向の見ている前で火を噴こうとした。

竜伯爵の身体の中心のあたりが赤く、燃え始めているのが見えた。大きく翼を広げ、立ちあがって、目を赤く光らせて。

「うわーっ、助けてくれ」

ハンスがぶるぶると震えながら岩場を後ずさっていく。

しかし断崖になっているため、どうすることもできない。断崖から下を見たとたん、恐怖のあまり、ハンスはそのまま失神してしまった。

それでもなおハンスに向かって、竜伯爵が火を噴こうとする。

「待て、やめて！」

日向はとっさにハンスの前に飛び出して両手を広げて立ちはだかった。

「日向……」

「やめて。殺しちゃダメだ」

両手を広げている日向をじっと見つめ、竜伯爵は諦めたように翼を閉じた。ルビーレッドの眸からはぎらぎらとしたものはなくなり、身体の内側で燃えていた焔が鎮まっていくのがわかった。

「なぜ止める」

「殺すなんてよくないから」

「この男はおまえを殺そうとしたんだぞ。それに私のことも撃った。生きていても有害だ。この世から消したほうがいい」

「だめだ、消すなんて。制裁は司法にまかせよう」

日向は説得するように言った。

「こんな男でもか」

「そうだ」

日向はこくりとうなずいた。

「どうしてダメなんだ」

「殺人未遂で訴える。そうなれば、国の法に基づいて処罰される。そして遺産相続の権利からも完全に外される。だからそれでいい、それで制裁を与えたことになる。命を奪って手を汚すことはない」

「おまえの言葉……私には意味がわからない。命を狙おうとしたものは命で償ってもらう。それが私にとってのルールだ」

「でも人間の世界はそうなんだ。彼にも妻や子はいる。彼の命は彼だけのものじゃない。だからやめて。それにたとえ悪人相手でもあなたに人殺しの罪はかぶせたくないんだ」

そうだ。人殺しの汚名を彼に背負わせたくない。さらに人間たちから恐れられてしまうだろう。

「……意味がわからないと言っただろう、そこをどけ」

再び竜が翼を大きく広げる。

「いやだ」

「私を助けてくれた礼がしたかったのに。おまえの命を狙っている悪いやつをこの世から抹殺しようとしているのに……それなのにどうして拒む」

竜伯爵の目が冷ややかなまなざしに変わった。

怒らせてしまったのかもしれない。しかし同じように日向は鋭い目で竜伯爵を見つめ返し、説得するように訴えた。

「それでも殺生はだめだ。ぼくへの礼なら、彼を助けてくれ」

しばらくじっと竜伯爵が日向を睨みつけている。

火竜ともいわれる、伝説の生き物。果たしてこちらの想いが伝わるのか。

日向と竜伯爵の間に緊張感が走り続けた。

だが少しして、竜伯爵は「わかった」と呟くと、大空に向かって声をあげた。

何と言ったのかはわからないが、大鷲が二羽、こちらにむかってやってくる。ゆったりと上空を舞うように旋回して急降下したかと思うと、それぞれがハンスの肩を片方ずつ摑み、崖の上から一瞬で飛び去った。

「……あれは……」

「しもべだ。この男を人間のいる場所に連れて行けと命じた」

しもべ。大鷲が彼のしもべなのか。

優雅に空を飛び、遠くへと消えていく。太陽とは反対側の北東方向——日向の住んでいた村とは逆側に進んでいった気がするが、人のいる場所なら自力で何とか戻ることも可能だろう。

「ありがとう、わかってくれたんだ」

ホッと息をついた日向だったが、竜伯爵の次の言葉に激しいめまいを覚えた。

「生きたままとは言っていない」

「え……っ」

「息の根を止めたあと、人間社会へ戻せと言った」

あざ笑うように言う竜伯爵に、日向は呆然とした。

「な……何だって」

つまり殺せと命令したのか？　そんなことを。

「……ひど……わかってくれたんじゃなかったのか」

絶望的な眼差しで見つめる日向を、竜伯爵が冷徹な目で凝視する。焔のような、ルビーレッドの奥に、獣性が秘められている気がして、日向は射すくめられたように身動きがとれなくなった。

「言っただろう、命には命で償うのが私の世界のルールだと」

「だけど……」

「おまえは甘い。だから殺されそうになるんだ」

竜伯爵は日向を批難すると、威嚇するかのように大きく翼を広げた。頭上を覆うほどの大きな翼の影がかかり、日向は知らず震えていた。しかし必死に言った。

「甘いって……でも彼は人間だ。だから人間社会のルールにのっとって、彼をブダペストの警察に連れていって、逮捕させて、そのあと、法によってきちんと裁かれるべきだと思って」

警察は買収したと言っていたが、おそらく地元だけだろう。さすがに警察本部までは買収はしていないはず。

「で、一体、誰にあの男を警察に連れていかせる気だったんだ」

「ぼくが」

「つまり私を捨てて、人間社会に戻るというんだな」

「え……あなたを捨てて?」

「ぼくの相手は竜伯爵だと言ったのは誰だ」

「あれは……」

「私の花嫁にして欲しいということではなかったのか」

「違……そんなつもりでは……」

「では、花嫁になる気もないのに、私を呼んだのか!」

竜伯爵が怒気を含んだ口調で迫り、激しい恐怖を感じた日向はとっさに立ちあがって後ずさった。

「逃げるのか」

竜が前肢を伸ばしてくる。痛む足を引きずりながら日向は洞窟のなかに逃げこんだ。このなかなら飛んでこられないだろうと思って。

しかし竜は翼を閉じて、そのまま日向を追いかけてきた。

荒々しい岩場を転びかけながら、それでも必死に奥へと逃げこんでいく。

しかし竜がドンっと壁を叩いた瞬間、目の前の岩場が崩れ、日向は追い詰められたようになってしまった。

振りむくと、腹部を怒りで赤く染めた竜が不気味な眼差しで日向を見下ろしていた。頭上にすっぽりとひらけた空間があり、彼が大きく翼を広げて日向に前肢を伸ばしてくる。

殺される――っ！

日向は身体を強張らせ、目を閉じた。殴られるか、火を噴かれるかと思ったが、竜伯爵はなにもしてこなかった。

しばらくの沈黙に、恐る恐る目を開けると、竜伯爵は苦い声で言った。

「もうダメだ、本能の勢いが止まらない。自分でコントロールできない」

「え……」

コントロールできない？　どうして。

「おまえへの怒りがおさまらない。こんなことは……初めてだ。自分の感情を止めることができないなんて」

竜自身がなにかに戸惑っている様子だった。

だがどんどん彼の身体の焔が熱くなっているのがわかる。このままだと彼が自身をも焼き尽くしそうなほどに。

「鎮めることができない。この身体からあふれる怒りの焔を鎮めなければ、このままだとこの身が燃えてしまう。この洞窟ごと、おまえも巻きこんで火だるまに……」

「……な……」

「そしてこの洞窟の焔はやがて森を焼き、オルツィ家の葡萄畑まで焼き尽くす」

「待って……そんな……」

あまりのことに日向は言葉を失った。困った、どうすれば彼の怒りがおさまるのか。

「せっかくここに連れてきて、花嫁として犯さないまま、安穏と過ごせるようにしたのに」

「……っ」

「命を助けてやったのに。銃で狙われていたときにあの男から守ってやったのに。相手は私だけだと言った言葉に惹かれて助けてやったのに。そう思うと、怒りが止められない」

次の瞬間、竜伯爵が前肢で日向のからだを摑んでいた。

「待て……なにを……」

「おまえと交尾する。でなければ、この焔は鎮まらない」

「交尾って……っ……」

「おまえと交尾したくてしょうがない。本能が止まらない。おまえに、私の卵を孕ませてやるのもおもしろい」

「卵……な……」

日向は絶句した。恐怖と混乱に全身が震える。

卵を孕むなど、想像を絶することだった。

「おまえを私のものにする」

「……っっ　待て、やめて……そんな……無理だよ、そんなの、だからやめて」

「おまえが欲しい。だから交尾する」

「ぼくが欲しいって……怒りをぶつけたいだけだろう？」

「違う、気に入った。この怒りを鎮めることができるのは……愛しあう行為以外にない」

愛しあう行為？　違う、ただ交尾がしたいだけではないのか？

「気に入ってるからぼくが欲しいんじゃないだろ。ぼくに対して怒りを感じているから、そんなことを口にしているんだ」

「怒りで、交尾をするような愚かな生き物ではない。私をバカにするな」

「バカにしていない。だけどショックを受けている。話のわかる相手だと信じていたのに。優しい生き物だと思っていたのに」

反論すると、彼は一瞬眸を眇めた。

「優しい生き物だと？、私をそんなふうに言うのか」

「そうだよ、だからどうか」

「変わった男だ。やはりおまえがいい、おまえでなければいやだ」

「え……」

「お前としかしたくない。おまえしか抱けない。この先もずっと。だからその身に私の卵を孕ませろ」

「いやだ、困る、やめ……っ」

どんなにもがいても圧倒的な力の差があった。

曾祖父から受けとった宝剣でひとつきすればいい。

と思ったが、さっき、温泉に入った時に短剣はそのままにしてきたことを思いだして絶望的な気持ちになる。

抗うことなどできない。竜伯爵は力任せに日向を抱きあげていた。

その身に私の卵を孕ませろ——？

竜の子はそうやって生まれてくるのか？

わけがわからないまま、竜伯爵に衣服を咥えられて持ちあげられ、日向は洞窟の外へと連れて行かれた。

眼下には壮大なカルパティア山脈の山並み。ひときわ鋭く切り立った岩山の、天空に通じるようにそびえる峰の中腹にある断崖の、少しひらけたバルコニーのような場所に横たわらされる。


「……っ……ん……あ……っ」

竜という生き物とのセックス。考えたことも想像したこともなかった。

今日まで恋人同士がするようなキスはもちろん、セックスもなにも知らなかったというのに。

最初にされたのは、全身への余すことのない愛撫だった。

「や……あっ」

日向の小さな胸の粒を、竜伯爵の長い舌先がつぶしていく。

「ん……ああっ」

ザラザラとしながらも粘り気のある爬虫類の舌先が日向の首筋や乳首を嬲っていく。まるで皮膚に絡みつくような舌先だ。

彼の舌からとろりとした甘い蜜のようなものが滴り、粘ついた雫ごと、捏ねるように乳首を舐められると、ほんの一瞬で身体の芯がかっと熱くなる。

日向の乳首は信じられないような反応を示し始めた。

くすぐったいような、もどかしいような、味わったことのない感覚が走り、たまらず日向は口から甘い息を吐いた。

「な……はあ……ああっ……やあ……っ」

チロチロと赤くて長い舌が乳首に絡みついてくる。

先のほうが割れていて、その片方が小さな乳首をつついたかと思うと、もう片方がこりこりと音がしそうなほど強く潰したり揉んだり、蜜液にまみれさせながら弄んでいく。

「ここが好きなようだな？」

確かめるように、竜伯爵はそっとやわらかく日向の乳首を舌の裏で押した。プチュっと音がしそうなほど強い刺激を感じ、たまらず日向は腰を揺らした。

「……や……どうして……こんな……ああっ」

むず痒さから逃れたくて、日向は爪を立てて地面をかいた。

昨夜は、優しくて信頼できる相手、話しあえばいい答えが出せそうな相手だと思ったのに。心から親しみを感じることができそうな、唯一の親族だと。

けれどやはり魔物は魔物だ。あれだけ殺さないでくれと頼んだのに、悪人だからといってハンスを殺すよう命令したり、怒りがおさまらないからといって、いきなりこんなことをしてきたり。

「これまでの……花嫁も……こんなふうに……されたのか」

甘苦しさに身体が疼くのを必死にこらえながら、日向はかすれた声で問いかけた。

「これまでのことなど知らない。ただ身体に眠る本能がこうしろと囁いている」

「本能が？」

「そうだ。そして交尾のときに私の舌からにじみでる蜜液は、人間にとって最高の媚薬になるということも本能が教えてくれた」

最高の媚薬。もしかすると、これまでの花嫁との媾合（こうごう）もそれで無事に行えたのか。

日向の全身にその媚薬のような蜜液が塗りこめられていく。

「ああ……ああ……っ……あっ」

どうしたのだろう、身体の芯がさらに熱くなっていく。ぷっくりと乳首が膨らみ、彼の舌先で撫でられることに肌が喜びを感じているかのようだ。

「……っ……ああ…っ……」

背筋がぞくぞくと痺れ、足の間のものが少しずつ形を変え始めているのが自分でもわかる。

「すごいな、森を赤く染めるグミの実のように赤い。知らなかった、人間はこういうところが感じやすいのだな」

舌先で蜜を交えながら乳首を捏ねまわされるうちに、そこから連動したように日向の下腹部までもが甘ったるく痺れていく。

じゅん、と湿り気を帯びたものがペニスから漏れたのがわかる。それがじわじわとにじみ出て、腿の内側をとろりとした雫で濡らしていた。

「すごいな、おまえから発情をうながすような匂いがしてくる」

「え……っ」

「これがフェロモンというものなのか？　吸いこんだだけで、おまえを孕ませたくなってくる。衝動が止められない」

竜の前肢が乱暴に日向の腿を左右にひらく。

「そんなこと言われても……いやっ、あ………やめっ……ああ……」

反射的に力を入れて足を閉ざそうとする。

しかし抵抗も虚しく、たやすく大きくひらかれた足の間をひんやりとした洞窟の空気が撫でていく。そこはすでにぐっしょりと己の先走りの汁で濡れていた。

「これの匂いか。たまらないな。花の蜜のようだ」

しどけなくゆるんだ膝の間に、やがて彼の舌先が伸びてくる。そしてピチャリと音を立てて日向の雫を舌に搦めとる。

「ああ……っ」

「メスのフェロモンのような香りだが、おまえはオスだから……身体の構造は私と同じだな」

同じ？　全然違うではないかと言いたかったが、舌先が性器にまとわりつき、そこから突きあがってくる愉悦に、日向はたまらず全身をこわばらせた。

「あ……や……いやだ……やめ……なに……これ……っ」

何だろう、彼の舌から出る蜜が怖いほど心地いい。肌も血液も脳もそこから蕩けてしまいそうなほどで、意識がどうにかなってしまいそうだ。

さっき舐められた乳首は痛いほど膨れ、内腿はふるふると痙攣したように震えている。舌先で性器の先端をぐりぐりと弄られるうちに、乳首に感じていた甘い疼きのようなものがそこから溢れ、さらに日向の腰がぴくりと跳ねあがってしまう。

「ふふ……ん……っ……ああ……あああっ、ああんっ」

この蜜液は何というすさまじい媚薬になるのか。ぴちゃぴちゃと音を立てながら、粘り気のある蜜ごと舌先で愛撫されると、身体がピクピクと魚のように跳ねるのが止められない。

「ん……ふ……んっ」

じんと肌のすみずみまで痺れ、乳頭が尖ってくる。そこを二つに割れた舌先で弾くように揉まれると、なぜかズクッと腹部の奥のあたりが疼いた。

悩ましい吐息が漏れ、日向の肌はポツポツと粟立ちはじめた。

「ふ……っ……ああっ、ああ」

いやだ、信じられない。竜の舌だけでこんなにも甘美な快感に溺れさせられるなんて。肉体に広がっていく愉悦とは裏腹に、日向の眸には屈辱と混乱のあまり涙が溜まっていく。

「お願い……やめ……こんなこと……っ」

「なにを言う。こんなに勃たせて、濡らしておきながら」

揶揄するように言われ、カッとほおまで熱くなる。

確かに日向の中心はこれ以上ないほど膨らみ、さっきから蜜液と溶けあうような濡れた露をはしたないほど垂らしている。

「怖い……やめ……もう……お願い……っ」

竜の赤い舌先が根元から先端までぐるぐるとまとわりつき、根元を締めあげられたり、尿道を舌先で擦られたりするうちに、頭が真っ白になっていく。脳髄まで蕩けてしまったようだ。

「ああ……っ……ああっ」

感じやすい先端の割れ目や陰嚢に蜜液を絡ませながら刺激を加えられ、想像を絶する悦楽に腰が激しく身悶える。

「ん……ああ……っ……」

竜の舌先に嬲られているのは性器だけなのに、首筋も鎖骨も乳首も脇腹も陰嚢も……蜜液を塗りこめられた場所のすべてが性感帯になったように甘い疼きを感じている。

ねっとりと性器全体をしごくかのような動きがたまらない。射精に向かって一気に日向の肉体はのぼりつめていくのを止めることができない。

信じられない。こんなことが起きるなんて。

「ああっ……あああーっ、いやだ……ああっ」

ひたすら身体の中心が熱くなっていく。

もうダメだ。達してしまう。竜の舌が与える甘い愛撫にもう弾けそうになっている。日向は一気に精を吐きだしていた。

「あうぅっ、んんっ！」

ものすごい衝撃だった。粗相をおかしたかのように、日向の性器からはとろとろの白濁が迸ってしまう。こんなことあり得ない。十八歳とはいえ、小柄で、まだ自慰さえまともにしたことがなかったのに。

そう思うのに、射精後の、心地よくも激しい疲労感に、日向は、はあはあと肩で息をして、ただただだそこに横たわることしかできない。

「すごいな……何と感じやすい身体だ」

日向の吐き出したものを舌先で舐めとると、竜伯爵は次は日向の足を前肢でひらき、後孔に舌先を伸ばしてきた。

「えっ……ちょっ……そこは」

舌先が入り口にそっと触れる。そこを舐めあげられていく。

「いや……ひっ」

突然の感触に、また日向の肌が粟立つ。

「ここで繋がるのだ、私と」

舌先から出る蜜液が窄(すぼ)まりを濡らし、狭い肉の環(わ)のなかに注入されていくのがわかる。

「ああっ、あうっ」

みっちりと閉じた肉の隘路(あいろ)をかきわけ、先端の割れた舌先が奥深くへ侵入していくのがわかる。

異質な存在が熱っぽく蠢くたび、とろりとした粘液が染みでて肉襞に浸透する。じわじわと地熱に当たっているような、奇妙な快感に全身が熱くなっていく。

内臓まであまさず舐められているような、初めて味わうおぞましい体感に、日向は全身をヒクヒクと震わせた。

「こんな……や……」

媚薬の成分を含んだ蜜が粘膜に溶けたとたん、雷に打たれたように頭の先から足先までもが痺れていく。

「ああっ、ああ……あああぁっ……ああっ」

くすぐったいような、妙な疼きが広がり、日向は奇妙な声を吐いていた。

どうなっているのか、自分の身体は。

体内で舌先がちろちろと肉壁をつつくたび、腰が勝手に揺れ、骨のない生き物のように身体がうねるのを止められない。

「……や……っ」

自分がどうにかなってしまいそうだ。舌の動きが加速するにつれ、疼きが激しくなり、むずむずとした、いてもたってもいられない感覚に足をもぞもぞとさせてしまう。

「淫らでかわいい男だ。さっき、あの男を庇ったときの勇ましさとは別人のようだな」

竜伯爵は舌先の動きをさらに荒くした。彼の言葉に悔しさを感じても、もう視界は朦朧（もうろう）としてどうすることもできない。

「ああっ、あ……っん……」

日向は全身を痙攣させながら、甘い声をあげていた。

射精をしたときとは別の肉体の高まり。頂点のない快感が延々と続く甘苦しさに、身悶え続けるしかない。

「すごいな。こんなにも人間というのは淫らになるものか。色情症のようだな」

舌を引き抜き、竜伯爵は感心したように呟いた。

「では、そろそろつながるぞ。交尾の始まりだ」

竜伯爵が日向の身体を翼で転がし、うつ伏せにする。

背中から覆いかぶさられ、日向は息を呑んだ。

つながる？　竜と交尾をする？　想像を絶する恐怖に日向の顔から血の気が引き、全身が激しく震える。

「そんな……や……やめて……」

起きあがろうとしても、腰を押さえつけられているため、日向の身体は微動だにしない。

「心配するな。おまえの身体はもう私を受け入れられる」

もがいても逃げられない。何度となく抵抗しようとしたが、竜の前肢に押さえつけられた状態では何の身動きもとれない。

「おまえは私のものになるんだ。これから先、その身に卵を孕ませてやる」

「あっ……あっ、ああっ！」

ゆっくりと背後から体内へと挿ってくる異物。竜と人間の媾合が始まろうとしてる。日向は大きく身体をのけぞらせた。

「あ……っ……んっ、く……ああ……っ……あぅっ、ああっ！」

どうしてこんなことになったのか。

まさか本当に彼の子を自分が作ることになるのか？　卵なんて孕んだときにはどうしたらいいのか。男性でも可能性があると聞いている。

ここでこのまま彼の花嫁にされてしまう。

そんな恐怖が胸に広がっていったとき、しかしふと背後で呟く竜伯爵の声が耳をかすめた。

「まだだ、まだ今夜は花嫁にはしない」

まだ花嫁にはしない？　それはどういう意味なのか。

「え……」

「できない、花嫁には……」

できないだって？

なにが言いたいんだ、彼は。知りたい。彼の真意を。

けれど知るよりもなによりも体内で膨張していく砲身のような巨大なものの圧迫感に耐えきれず、快感なのか痛みなのかわからないまま意識が混濁していく。

腰を押さえつけられたまま、ぐうっと奥を穿たれ、日向は歯を食いしばった。

「ん……っ……んん……痛い……ん……っ」

苦しい。こんなの無理だ。これ以上、挿るわけがない。

そう思うのに、なぜか少しずつ痛みが消え、彼を咥えこんだ日向の粘膜が妖しい収縮を始めた。まるでそれを食べたがっているかのように。

「すごいな、欲しいのか」

「ちが……あっ」

反論したいのに、じかに脊髄から湧き出てくるような妖しい愉悦に、日向の内壁は淫らに煽動し、それをきりきりと締めつけている。いつしか尻はいやらしく揺れていた。

「ん……っんん……ああっ」

「やはり感じているのか。すごい締めつけだな。これが交尾によって得られる快感か」

納得するように囁く竜伯爵の言葉に心が傷つく。感じてなんていないのに。無理やりこんなことをして、よくもそんなことを。

悔しい。許せない。けれど大きなものが内臓を圧迫して反論の声も出ない。

「ああ……ふぅ……」

そこから壊れてしまいそうなのに、苛烈な快感があまりにも心地よくて自分から腰を突きだしてしまいそうになってしまうのがいやだ。猛烈な自己嫌悪に襲われる。

どうしよう、このまま卵を孕ませられてしまうのか。

孕んでしまったらどうすればいいのか。

そんな不安や恐怖とは裏腹に、日向の内部はさらなる悦楽を求めるかのように、もっと淫らに彼のものを奥へと引きずりこみたくてどうしようもなくなっている。

「あっ、ああっ……ああっ」

竜伯爵の舌先が首筋やうなじを舐めていくと、皮膚に染みこんでいく蜜からの快感が増し、腰のあたりがさらに熱くなっていく。

いつしか日向の内側の肉は、すっぽりと彼を呑みこんでいた。

3　薔薇の古城

「ああ……っああ、いや……やめ……っ」

腕のなかで身悶えている可愛くて小さな生き物。

人間と初めてつながった瞬間、竜公爵の脳裏にこれまでの先祖たちの営みの光景が鮮明に浮かびあがってきた。

細胞の奥の遺伝子に組みこまれた記憶とでもいうのか。

経験したことがないのに、詳細な映像となって一瞬の間に駆け抜けていったのだ。


「竜伯爵さま、あなたに従います」

目隠しをした花嫁が従順に竜の前へと進んでいく。相手の姿を見ていないので冷静にいられるのかどうかわからないが、甘い粘液によって花嫁はたちまち快楽の虜になり、足を大きくひらいて竜を受け入れようとする。

媾合する刹那だけ、竜の身体は相手を壊さない大きさへと変化し、人間のものよりはやや大きく張ったそれが花嫁の体内へと侵入していく。日向相手のときにもいつしかそんなふうになっていた。

「ああっ……ああっ」

処女の血がペニスへと溶けこみ、そこから弾けでた精液が花嫁の体内で溶けていく。

それから三カ月、祠で昼夜、互いを求めあう。

それが、代々「竜伯爵」を名乗るものの婚姻の儀式だった。

脳内に浮かんだ映像はそこで途切れた。

花嫁とはそのあと、子供が生まれるまでは新婚生活のような暮らしをするのだろう。媚薬によって快楽の虜になった花嫁は、このとき、ようやく目隠しをとるのだ。竜は己のなかの焔を鎮め、母親の遺伝子から受け継いだ姿になって彼女と仲良く暮らす。だが子が卵から生まれたとき、彼女は竜の本当の姿を知ることになる。生まれてきた竜を見て、自分の相手が何者なのかようやく悟ってしまうのだ。あまりのショックに彼女が正気を失ってしまいそうになるのを止めるため、竜は森に咲く忘れ草を彼女に飲ませる。そうして竜と花嫁との一年間が終了するのだ。

父親や祖父たちの行ってきた営み、それと同じことを竜伯爵は日向相手にすることができなかった。

(……できないのに……何でこんな中半端なことをしてしまったのだろう)

猛烈な後悔が胸に広がるのを感じながら、竜伯爵は目の前でぐったりとしている日向を抱きあげ、祠の毛布の上に横たわらせた。

汚れた彼の身体を拭い、そしてその身に毛織り物をかけてやる。

「ん……っ……」

淡い吐息が指先に触れ、胸の奥が甘く疼く。

(こんなに……こんなに……かわいい人間相手に……私は何ということを……)

日向と交尾をしようとした。

しかしすんでのところで、彼の内部に射精をすることは避けたが、彼が欲しくて欲しくてどうしようもない衝動に抗えなかった。

「何で……あんな欲望を感じたんだ……私はこんなやつではなかったのに……冷静で、知性を愛し、芸術と美を求めるおだやかな性格だと思っていたのに」

それなのに日向を前にすると、野獣のような欲望が湧き、抗えない情欲に理性が支配されてしまったのはどうしてだろう。

先祖たちのように花嫁自らが足をひらいたわけではないのに。

嫌がっているのに、泣いて怖がっていたのに、それなのに彼が欲しくて。

「……っ……」

腹の底から湧いてくるような自己嫌悪に己の身を切り裂いてしまいたくなる。

そんな自分への猛烈な怒りがまた身体の内側の焔を熱くしてしまい、竜伯爵は反射的に日向から離れ、翼を広げて洞窟の外へと飛びだした。

自分は絶対に交尾をしないでおこう。子作りは誰ともしない。

そう決めていたのに、彼が欲しくてどうしようもなくなり、さらには触れたとたん、凄まじい劣情が火山のように体内から噴火して止めようがなかった。

けれど最後だけは理性が竜伯爵をおしとどめた。彼に子を孕ませることはできなかったのだ。

(そんなの……できるわけがない)

怖くてできなかった。ここを逃げだしたがっている相手に、一年もこの地に縛りつけるような行為を強いることが怖かった。

憎まれるだろう。絶望を与えるだろう。哀しみを負わせてしまうだろう。そう思うと、最後の最後まで彼を自分のものにすることはできなかったのだ。

それに……。

（子供を作ってどうするんだ、私と同じようなものをまた作っても……虚しいだけだ）

父はあっさりと人間に殺されてしまった。

正しくは、妻の子に。つまり自分の異父兄弟で、あのさっきのハンスの従兄にあたる男性に殺されてしまったのだ。母が忘れられず、こっそりと会いに行ったのがまちがいだった。

花嫁と一年間過ごしたところで、相手は人間の世界に戻るとここでの時間を忘れてしまう。

母もそうだったらしい。森を出るとき、忘れ草の蜜を飲ませるので、再会しても、母は父のことをまったく覚えていなかったという。父との間に子供がいることさえ忘れていた。

愛する相手から忘れ去られてしまう哀しみに、父は激しい絶望感を抱いたのだろう。そのとき、父に隙ができて、『この化け物、死ね！』と宝剣を突きつけられた。

神剣とも言われている宝剣でうなじを突き刺され、そのまま瀕死の状態でここに戻ってきて絶命してしまったのだ。

（私の異父弟によって……お父さんが殺されてしまった）

あのときの激しい哀しみ、喪失感が忘れられない。目の前で父が心臓を遺して消滅してしまったときの衝撃、胸の痛みは今も忘れられない。

それからずっと五十年近く、ひとりぼっちで生きてきた。仲間もなく、愛するものもなく、ただただ孤独な時間のなかを。

もし子供を作ってしまったら、その子にいつか自分と同じような思いをさせてしまうだろう。

愛する子をひとりぼっちにさせることができるのか？

また自分と同じようにひとりでここで暮らしていかせるのか？

家族も仲間もいないのに。

人間に嫌われて、恐れられて、ただ繁殖のときに相手を騙して、花嫁にして、卵を孕ませて……そんな時間を自分以外の相手にさせていいのか？

（そんなこと……もうさせたくない……もう誰にも同じ思いをさせたくはない）

誰もひとりぼっちにさせたくない。誰も孤独にさせたくない。こんなにも淋しい時間を過ごすのは自分が最後でいい。

自分と同じように、ひとりぼっちで生きていかなければいけない息子を作りたくない。

だから父の心臓から咲いた命の花をあの儀式のときに置いてこなかった。

（日向を元の世界にもどそう……父の命の花を渡して）

忘れ草を飲んだあと、彼が森の外に出たら、ここでのことはすべて忘れる。竜伯爵に犯されたことも、ここで話をしたことも、なにもかも。

それでいい。

それでいいと思うのに、そのことを思うとどうして胸が痛くなるのだろう。

深い絶望のようなものが胸を覆っていく。それと呼応するかのように、上空から激しい雨が降ってきた。カルパティア山脈の天候は、竜伯爵の心とつながっている。

（私は……哀しいのか、彼に忘れられてしまうことが）

滝のようなどしゃ降りの雨が叩きつけてくる。大きな翼を広げて空を飛んでいる竜伯爵の眼下では、ところどころ霧に覆われた新緑の森が果てしなく裾野を広げていた。

†

「ん……っ」

薄暗い洞窟のなか、日向はうっすらと意識をとり戻した。

目を開けても視界がぼんやりとしている。

何度も瞬きをして目の焦点を合わせたあと、日向はゆっくりと身体を起こした。

あの竜の花嫁用の祠のようになった場所の中央で、毛布の中に埋もれるようにして眠っていたらしい。果たしてあれからどのくらいが過ぎたのだろう。同じ姿勢で硬い寝床でずっと眠っていたせいか、首と肩……それになによりも下肢に強烈な違和感を覚えている。

（そうか……竜伯爵と……）

昨夜の荒々しい媾合を思いだすにつれ、激しい屈辱感と恐怖が襲ってくる。

恥ずかしいほど身悶えてしまった自分を思いだした日向は、記憶を振り払おうと大きくかぶりを振った。

思いだしたくない。おぞましいあの行為。怪しげな蜜液が肌に染みこんだとたん、自分が自分じゃなくなったみたいになって、いやがりながらも淫らに快楽を貪ってしまった。

あまりの悦楽におかしくなって、意識が遠ざかっていったことまでは記憶にある。

だが、いつここに移動してきたのか、まったく覚えていない。小さな部屋なので、竜伯爵の身体だここに入ることはできないとは思うが、自分で歩いてきたとは思えない。

（まさか本当に……ぼくに子供を孕ませるつもりだったのでは……）

竜伯爵はまだそうしない、花嫁にはしない、と言っていた。いや、このままだと花嫁にはできないと口にしていた。

『違う、気に入った。この怒りを鎮めることができるのは……愛しあう行為以外にない』

そんなことも吐き捨てていたけれど、彼からの愛なんて感じなかった。

あれは、ただハンスをかばった日向に、憤りを感じた腹いせでやった行為だ。

しかもハンスを殺さないで欲しい、きちんと法で裁きたいと訴えたのに、息の根を止めるように命じたなんて。

（所詮、魔物は魔物か……理解しあえない相手なのか）

話しあえる相手だと思ったのに。結局、そうではなかった。

「……」

日向は薄暗闇に慣れた目であたりの様子を確かめた。

ぱっと頰を叩く雨風。ずいぶんと強い風が吹いているようだ。

今夜はそれでも遠くのほうに月が出ている。

まだ半月にもならない細い月だが、何となくあたりが明るい気がする。目を凝らして見ると、遠くのほうに黒々とした緑の山々が見えるが、よくよく見ると、人家があるのか、光が見える。

（どのくらいの距離だろう）

洞窟のある岩山のまわりは鬱蒼とした山々になっていて、ただただ明かりがついていない黒々とした闇が広がっている。空気の様子、空の感じ。風が吹いているのに、どことなく静かに感じるこの雰囲気は、やはり人の住む場所から随分と離れているのか。

（とにかくここから出よう。どこかに出口はないのか）

この崖を下りるしかないなら、どうやって下って行けばいいのか。

いや、今のこの雨風だと危険だ。

それなら一か八か、竜伯爵の姿が見えないこのすきに鍾乳洞の奥へいこう。

よく見れば、雨が川のようになり奥のほうでは下に向かって水が流れているし、陽も射している場所があるのはわかっている。この下の川へと水が流れているのなら、その流れに沿って降りていけば川へと出ることができるはずだ。

川に危険な生物がいることはないだろう。ここはアマゾンでもオーストラリアでもアフリカでもないのだから。狼や熊の心配があるので舟にできそうな丸太かなにかを探して……。

あたりを確認しながら出て行く準備をする。

念のため、花嫁用のベールを使って少しの食料を包んで背中に背負い、ボロボロになった騎馬民族の衣装を身につけ、腰に長剣と短剣を指す。

薬草を擦り傷に塗り込み、捻挫した足首は布で固定する。幸いにもブーツは無事だった。

「よし、今なら大丈夫だ」

鍾乳洞の内部は、光る苔かなにかが生えているらしい。

ぼんやりとした薄暗い洞窟の奥は、息づかいさえ聞こえてきそうなほどシンと静まりかえっている。

まったく生き物の気配はない。コウモリやネズミすらいない。

あいつは、一体、今、どこにいるのだろう。どうしてあんな真似をしてまで、怒りをぶつけてきたのか。

足音を殺し、息を詰めながらあたりを確かめて進んでいく。

そうしてどのくらい下りていったか。水の流れはいつしか小川になっていた。

細い通路のようなところを小川に沿って延々と下っていった日向は、ようやく洞窟の出口のような場所に到着し、ホッと息をついた。

「やっぱりあったんだ」

まだ雨は降っているようだが、あたりが明るい。

それに導かれるように川沿いの出口に足を引きずりながらも走っていった。しかし出たとたん、そこが単なる滝になっていたことに気づき、日向は足を止めた。

「滝……か」

祠のある場所よりはかなり下りてきてはいたが、地面までは十数メートルほどの滝になっていて、水が勢いよく落ちている。突風が吹き抜けていくたび、ぱっと身体が煽られる。岩場を少し横に行って、そこから飛び降りることができないか下をのぞきこんでみる。

「く……あっ……」

強い風に全身を打たれ、再び大きく身体が風に煽られる。立っていることもままならない。だがここから出るしかない。飛んで降りられない高さではない。

「仕方ない、飛び降りるか」

思い切って飛ぼうとしたその瞬間、ふいに目の前に竜伯爵が現れた。

「ひっ……」

思わず声をあげてしまった。

竜伯爵が翼をはためかせ、怒りのこもった目で日向を睨みつけていたのだ。

「私から逃げるのか！」

「うわっ」

反射的に飛び降りた日向の身体を彼が捕まえようとした。引力に負けて落下していく日向の身体を竜伯爵が摑みかかってくる。

「離してっ」

とっさに日向は腰の短剣で竜の前肢を思い切り裂いてしまった。竜伯爵に致命傷を与えることができるという宝剣で。

「――っ！」

飛び散る血しぶき。雨のようにあたりに真紅の血が飛び散っていく。竜伯爵の身体が痛みのあまり、赤く燃えたようになって、日向の腰を摑んでいた肢から力が抜ける。そのまま彼は日向を離してしまった。

「あぁぁっ！」

日向の身体が落下していく。そのとき、再び雷が光り、あたりがまっ白になった。続いて雷の激しい爆音が鳴り響き、さらに大雨が降ってきた。

「くっ……あ……っ！」

どうすることもできないまま、身体が滝壺へと落ちていく。ものすごい衝撃を受け、短剣がつるりと手から離れる。

「あっ！」

はっとして手を伸ばすが、届かない。激しく渦巻いている水に巻きこまれるように、短剣も日向の身体も暗い滝壺の底へと呑みこまれていく。

「ああっ！」

息ができない。苦しい。抗えない水流の渦に引きずりこまれていくのを感じながら日向は意識を手放していた。

もう駄目だ……と心のどこかで覚悟しながら。


「ん……」

ここはどこだろう。暗い部屋のなか、ベッドで眠っている。

あの世に逝ってしまったのだろうか、それとも。

瞼に触れた前髪が目に入りそうでうっとうしい。前髪をかきあげようと身じろいだが、ぐっと足腰にかかる痛みに、日向は我に返ったようにまぶたを開けた。

「……っ！」

暗くてよく見えない。ただ全身にどうしようもないほどの痛みを感じている。

どうやらあちこち怪我をしているらしい。

全身の痛み、それから倦怠感に支配されている。胃のなかも嘔吐感が押し寄せていた。

（そう……か。あの竜伯爵から逃げようとして……そのまま滝壺に落ちて）

少しずつ記憶が甦ってくるが、深く意識を失っていたせいか、はるか昔に見た夢のように、竜の山で起きたことが遠い世界での出来事のように感じられた。

逃げようとしても逃げようとしても逃げられなかった気がしたが、ここはどこなのか。滝壺に落ちたあと、どこに流されたのだろう。

森のなかにこんな立派な建物があったのだろうか。

それとも人里まで流されたのか？

でもあんな激流のなか、何キロも流されたら、絶対に岩や木にぶつかって生きてはいられないと思うけれど。

日向は息を殺してあたりを見まわした。

そういえば、以前に見たホラー映画にこんな感じの話があった気がする。

主人公が恐ろしい場所から逃げだそうとしても逃げだそうとしても逃げられない。

相手は魔物だったり猟奇殺人鬼だったりといろいろだ。

最後に主人公が相手を倒した果てに自由を得るというものが多かったように思うが、主人公以外の人間はたいてい悪役に惨殺されてしまう。尤も、竜伯爵が恐ろしい猟奇殺人者とは思わないし、自分が映画の主人公のような体験をするとも思えないのだが。

「く……っ」

何度か身じろいで、節々の痛みに逆らうようにして日向は身を起こそうとした。

すると、部屋の奥からふいに男の声が聞こえた。

「気がついたのか？」

一瞬、竜伯爵がいたのかと思い、警戒心で身をこわばらせたが、違った。彼が静かに近づいてくる。ろうそくの明かりがぼんやりと浮かびあがらせたのは、二十代後半くらいの人間の男性だった。

（よかった……人間だ……）

長めの前髪が片側にだけさらりと垂れた髪型、襟足は短く、透き通るようなプラチナブロンドをした美しい男性がいた。

その腕には、淡い紫色の薔薇の入った花瓶と小さな燭台。

「私はこの城に住む者だ。きみを川で発見し、ここに連れてきた」

男は日向の枕元に薔薇の花瓶を置いた。

ふわっと甘い薔薇の香りが鼻腔を撫でると、それまで感じていた身体の倦怠感がやわらぐ気がして心地よくなった。

男は手にしていた燭台で室内のあちこちに置かれた燭台の蠟燭に火を移していった。

あたりが明るくなり、自分が中世中欧風の古城のような室内にいることがわかる。

シャープな顔の輪郭、やや目尻が垂れているような、少し切なそうな表情をした双眸は、深い海のような蒼色をしていた。

すらりとした長身に、ひと目で上質だというのがわかるシルクサテンの、昔の貴族風の装束を身につけている。赤い裏地の黒いマント、白いシャツ、黒いリボンタイ、それから臙脂(えんじいろ)色のベスト、黒いズボンに黒い革靴。やはりホラー映画に迷いこんだのか、過去にタイムスリップしたのかと、疑ってしまうような光景だった。

「失礼かと思ったが、傷の手当てもしておいた」

低く深みのある声に、日向はハッとした。

「あ……ありがとうございます」

「それできみの怪我だが……」

男は困った様子で言った。

「足の怪我が治るまで、最低でも三カ月くらいはかかるだろう」

「え……三カ月……」

日向は愕然とした。

「……そんなに……」

「足の指を骨折していると思う。それに足の甲の骨にもヒビが入っているようだ。足首は骨折していないようだが、腱を切っていたのがわかったので縫合しておいた」

「縫合？　あなたが？」

「ああ。内臓も損傷しているように感じたが、どんな傷にもよく効く薬湯を飲ませたのでそちらは大丈夫だ。足のほうは安静にしていたらそのうち回復するだろう」

「ありがとうございます。あの、もしかしてお医者さんなんですか？」

「いや」

「でも……縫合って」

「そのくらいできなくては、ここで暮らすことはできない」

男は淡々と答えた。

「あの……ここでって……ここは一体」

「ここは私の家だ」

「は、はあ」

「しばらくは安静にしておいたほうがいいだろう」

「え……はい……」

「傷が治るまでここにいるといい」

「お気持ちはありがたいのですが、一応、子爵家に連絡を。あの……電話かなにか」

「あいにく外への連絡手段は何もない」

「え……」

「ここはカルパティア山脈の奥にある古城だ。電気も電話も通っていないし、先日の嵐で山が崩れたので、車で通れる道もなくなってしまった。電話のある森のむこうの村まで行きたくても、山道を通った場合は馬で二日ほどかかる」

「馬で……二日っ！」

日向はひっくり返りそうな声をあげた。

「徒歩なら一週間はかかるだろう」

「そんなに？」

激しい絶望に襲われそうになる。

「馬車もない。その足で歩いていくことは不可能だろう。馬を貸してやってもいいが、乗ることもそれでは無理だろう」

「え、ええ」

「あとは川を下る方法もあるが、そうするにしても、ここには舟がない」

「つまり……足が治るまではまったくどうすることもできないということですか」

「そういうことになる。今、ここは外界から閉ざされた場所になっている」

「大丈夫なんですか、あなたは。ここにいて」

「別に困るようなことはない。もともと一年の大半をここで暮らしているし、食料品の蓄えもある。きみ一人が増えたくらいで何てことはない。だからここにいなさい」

「でもそれでは……」

「いい、どうせ一人暮らしだ」

優雅に男が答える。一人暮らし。こんなところで一人で？

「あの……ご家族は？」

「ずっと前に亡くなったよ。時々顔を出す使用人はいるが」

男は窓に視線をむけた。

「その使用人のかたに伝言を頼むことは？　馬でなら可能なんですよね？」

「あ、いや、あいにく馬に乗ることができない。危険も多い。だから……」

この森には狼や熊もいる。そんなところに馬に乗れない人間を行かせることはできないだろう。

「わかりました。無理を言ってすみませんでした」

「それは当然ですね」

「私が行ってもいいが。きみを動かすことはできないが、なにか必要なものがあれば……」

「いえ、それはいけません」

「どうして？」

男が目を細めて問いかけてくる。

「だって、熊や狼がいて危険ですよね。そんなところ、無理にお願いしてあなたを行かせるなんてできません」

「できない？」

「あなたが使用人を行かせられないような場所に、あなたに行ってもらいたくないです」

日向の言葉に男は不思議そうに首をかしげた。

「でも本当は外部と連絡を取りたいのだろう？」

連絡……。曾祖父の亡くなった今、連絡をとってどうなるというのか。それよりも気になるのは、あの竜伯爵のことだ。

日向がいなくなったことで、怒りを覚えて村を襲ったりしていないだろうか。怒りで森を燃やしてしまうこともあると言っていた。

「会いたい相手でもいるのか？」

「あ、いえ……ぼくも家族はいないので。ただ気になることがあって」

「気になること？」

いきなり竜の話をしていいのか。

いや、まだどんな相手かわからないのに、そこまで口にするのはやめよう。この親切なひとが竜の恐怖にさらされてしまう可能性だって出てくる。

「その話はまた……。あの、それよりも本当に怪我が治るまでお世話になっていいんでしょうか」

「もちろんだ」

なら、それが一番かもしれない。とにかく動けなければどうしようもないのだから。

「あなたに迷惑はかかりませんか？」

「とんでもない。それどころか、友人ができて嬉しいよ」

「友人？」

「友人だと思われるのは……いやか？」

切なげに見つめられ、日向は驚いたように問いかけた。

「いやって。ご友人はいらっしゃらなかったのですか？」

「友達なんていない。家族もいない。私はここでずっとひとりぼっちだった」

ずっとひとりぼっち。こんなところで一人で。

「あの……学校は？」

「行ったことはない」

「でも縫合の知識とか、薬湯のこととか」

「それは……奥の書庫にある書籍から学んだ。使用人が世界中の本を集めてくれた。家族が亡くなってからは、本からいろんなことを学んだ。宗教学も医学も歴史も語学も……」

「それなのに……ここで一人暮らしなんですか？」

「ああ、事情があってね」

事情。どんな事情ですか――といきなり初対面のひとに尋ねるのも失礼だろう。

日向はかぶりを振ってほほえんだ。

「まさか。そう思っていただけるなんて……とても嬉しいです。ぼくも久しぶりに友人ができて嬉しいです。ずっと友達のように感じられる相手がいなかったので」

　そのとき、ふと頭に竜のことがよぎった。友達になれるような気がしたのに。それなのにあんなことをするなんて。

「どうした？　具合が悪いのか？」

　虚ろな表情を見せた日向を、男は不安そうな眼差しで案じてくれる。孤独な暮らしをしてきたようだが、随分と優しい人柄のようだ。ささいな日向の表情に気を遣ったり、使用人の身の心配をし、自分が危険な森に行くと言いだしたり。

「具合は……大丈夫です」

「なら、いいが……体調が悪かったり、傷が痛むときは遠慮なく言ってくれ。私にできることなら何でもするから」

　本当に何という優しい人だろう。胸がじわっとあたたかくなる。

　曾祖父を喪い、親族から命を狙われたうえに、竜伯爵からあんなことをされてしまった。立て続けに起きた辛いことが、このひとの思いやりのおかげで随分と癒されるような気持ちになる。

「ありがとうございます。では、傷が治るまでここにいていいでしょうか」

「い、いいのか？　本当にここにいてくれるのか？」

「え、ええ、あなたにご負担をかけますが」

「負担だなんてとんでもない。もしよかったら、好きなだけいてくれ」

　日向の肩に手を伸ばし、彼が祈るような声で言う。

「それなら安心して、お言葉に甘えます。友達としてお世話になりますが、どうぞよろしくお願いします」

明るく微笑した日向の顔を、男はさっきよりもさらに切なそうに見つめた。

「あ……なにか？」

「いや、驚いたんだ。それでこのあたりが痛くなって」

日向から手を離し、男は不思議そうに自分の胸に手を当てた。

「なにか変なことをしました？」

「あ、いや、文献では読んでいたし、絵画からも知ってはいたが、実際に他人からほほえみかけられたのは……これで初めてなので」

「えっ、初めて？」

安堵したように苦笑する男に、日向は驚いて問いかけた。

「ああ」

そうか、家族も早くに喪ったと言っていたか。身分の違いかなにかで、使用人が彼にほほえみかけるようなこともないのかもしれない。

「笑顔というものは、相手への好意がなければ生まれないものだと辞書に記されていた。つまりきみは私を嫌っていないわけだ」

「嫌っていないって、嫌うわけないじゃないですか」

「本当に？　よかった、きみに嫌われていないのがわかってとても幸せだよ」

「だからどうしてそんなことを。いきなり初対面の人を嫌ったりすることなんてないと思いますよ。

ましてやあなたみたいに親切で優しくしてくれた相手に対して」

「そうなのか？」

「ええ」

「それならよかった」

「何でそんなこと言うのですか」

真顔で言う日向に、男は困惑した様子で答えた。

「わからないんだよ……人と……その……あまり関わったことがないので、どのようにしたら嫌われないのかが」

「……あの……あなたは……」

一体、何者なんだろう。この住居、その優艶な所作や知性的な言葉遣いから、貴族階級の人間だというのは一目でわかるが、他人とそこまで接したことがないなんて。

「私は……このあたり一帯を治めていた領主で、社会主義時代もずっと同じ暮らしをしていた伯爵家の末裔だよ」

窓に視線をむけ、男はぼそりと呟いた。

「伯爵家……そうですか」

やはり貴族の末裔か。思った通りだ。

「でも……その伯爵家の方がどうしてここで一人で」

「昔は、一族を始め、大勢の仲間がここにいた。けれどあるとき、我々を敵視するものが襲撃してきて、それで……ほとんどが惨殺されたそうで」

「惨殺……っ」

　ハンガリーは、中世から昨今までずっと歴史の複雑な流れに翻弄されてきた。

　東ローマ帝国の支配、フス戦争、東方からマジャール人の侵攻、オーストリー帝国の支配、それからソビエトを中心とした社会主義の波……。そうした歴史のなかで広い領地を持った領主たちも、否応なくその波にのみこまれていったという。

「今はもう伯爵家には……私しか残っていないんだ。この地で採れる恵みのおかげで、暮らしていくのに困るようなことはない。普段の私は書庫で本を読み、楽器を演奏し、あとは庭の薔薇を育てて過ごしている」

「では、ぼくの曾祖父と似ていますね。領主として、貸している土地の恵みのおかげで、生活するのには困っていませんでした。あ、オルツィ子爵の子孫なんですが」

「オルツィ子爵ね。知っているよ」

　男は優雅にほほえんだ。

「えっ、知っているんですか」

「昔から我が家とオルツィ家とはずっと懇意の仲だった。縁戚関係にあるといっても過言ではない。これまでにオルツィ家から何人も花嫁をもらったことがある。ほんの少しかもしれないが、私にもオルツィ家の血が流れているんだよ」

「あなたのなかにも?」

　笑顔で問いかけると、彼は「ああ」とうなずいた。

「では、私ときみは遠い親戚ということになるな」

親戚……。ああ、ここにもいたのか。そう思うと胸が弾む。友人であり、親戚である相手。そんなひとに助けてもらって、こんなふうにしているなんて。

「嬉しいです。ぼくも家族がいないので、親族が増えるのは」

「私もだよ、友達で親戚か。一気に素敵な存在が増えて夢のようだ。どうかここにいる間は我が家のようなつもりでくつろいでくれ」

「はい、ありがとうございます。あ、あの、ぼくは日向といいます。どうぞ日向と呼んでください」

「日向？」

「はい、日本人だった父の国の名前なんですが、陽の当たるところとか、太陽に向かうというような意味の名前です」

「太陽か。きみにぴったりだな」

男はカーテンの隙間からもれる陽光に視線を向けた。陽が差している。朝になったのか。

「それであなたの名前は？」

「私？　私の名前？」

さも驚いたように問いかけてくる。

「はい、ぼくのことは日向と呼んでください。で、あなたのことは……何と呼べば」

男は困惑したように首をかしげた。

「どうしたのですか」

「忘れた……」

突然の言葉に、一瞬、日向は意味がわからず、きょとんとした。

忘れた？　名前を？

「え……でも……忘れたって……本当に？」

「あ、ああ」

「あの……ご両親には何と？」

「母はいない。父はいた……。だが父に何と呼ばれていたのか……覚えていない」

そんなことってあるのだろうか。自分の名前を忘れるなんて。

嘘をついているようにも冗談を言っているようにも思えない。

多分、そうなのだ、本当に知らないのだ。長い間、一人でいたからわからないのかもしれない。とても困った顔をしている。

「いっそ伯爵と呼びますか？　でもファーストネームのほうがやっぱり友達っぽくていいかなと思うんですけど」

「なら、そのほうがいい」

「あ、あの、それなら洗礼名とかないんですか？」

「洗礼などしたことがない」

「キリスト教徒ではないのですか」

「わからない。宗教は……興味がないから」

ああ、そうか。ハンガリーは長く社会主義政権だったから、宗教に興味がないのかもしれない。

「文献や資料に……何も残っていないのですか」

「ああ」

「では使用人たちはあなたのことを何と」

「ご主人さま……と」

「……ご主人さま……ですか。苗字は？」

「苗字は……ええっと……ドラゴ……いや、ドラクル……」

「ああ、ドラクルというと、吸血鬼のモデルになったドラキュラ伯爵とゆかりの方ですか？」

「いや、違う。あれはルーマニアの……」

「あ、ああ、では……ドラクル伯爵と呼べばいいのですか？」

「それでもいいし、何でもいい。適当に呼んでくれ」

「適当って……」

「きみの好きな名でいい。いっそ名づけてくれ。今日からそれを私の名前とする」

好きな名……と言われても。どうしようと思ったとき、ベッドサイドに飾られている美しい薔薇の花瓶に目がとまった。

「あの……その薔薇の名前は？　その薔薇、あなたみたいだから」

「これか？　私みたいだと？」

「は、はい。美しくて優雅で、神秘的で繊細な印象で。それに……さっきからとても素敵な香りが漂っていて」

上品で優しい紫色の色彩の薔薇だ。そばにいるだけで噎せるような甘い薔薇の香りを感じ、心地よさを与えてくれる。

「私みたいか……だが、残念ながらこれも名前はない。私が作ったものだが……フェレンベルクというノワゼット系の品種を改良したものだ」

「フェレンベルク……あ、では、フェレンツはどうですか？」

「この薔薇の名前か？　いい、それでいい、そうしよう。このバラはフェレンツという名にすることにしよう」

花瓶にあった淡い紫色の薔薇を一本手に取り、男は花弁を見つめた。

「いいえ、薔薇でなく……あなたの」

「私の？」

「はい、あなたの」

「私の名。私がフェレンツと名乗るのか？」

「え、ええ。ハンガリーではよくある名前ですが……いやですか？」

問いかけると、いや、とかぶりを振ったあと、男は目を細めて薔薇に唇を近づけていった。そして愛しげに花弁にキスをすると、日向に視線をむけた。

「いい名前だ。では、この薔薇は、きみの名、日向、つまり陽射しからとって napfény、ナプフェニィと呼ぶことにしよう」

「ナプフェニィですか。綺麗な響きですね」

心地よい音楽のような響きだ。その神秘的な紫色の薔薇にぴったりの気がした。

「私はフェレンツ、この花はナプフェニィ、そしてきみは日向、全員に名前があるというのは素敵なことだな」

男は再び淡い紫色の薔薇にキスをした。そのとき、ふと薔薇を持っていない方の彼の手、右側の手

首に包帯を巻いていることに気づき、日向は目を細めた。

「それは？」

血がにじんでいる。男はじっと手首を確かめたあと、少し視線をずらした。

「ああ、これは薔薇の手入れのときに」

「怪我だらけですね、ぼくもあなたも」

「そうだな。では、そろそろ食事の準備をしよう。作ってあるんだ、待っていてくれ」

彼が用意してくれたのは、日向が曾祖父のためによく作っていたグヤーシュだった。

濃厚なパプリカの熱々のスープ。それにパイ生地にリンゴがふんだんに使われたアプフェルシュトローデル。そして焼きたてのふわふわとしたパンだった。

「おいしい、すごくおいしいです」

牛肉の味がしっかり染みこんだ赤いパプリカのスープ。浮かんでいるジャガイモと牛肉をスプーンですくってスープごと食べると、口内にまろやかな味が蕩けて幸せな気持ちになる。

全身があたたかくなっていくおいしいスープだった。

バターがたっぷり入ったふわふわのパンも、リンゴの甘みとシナモンの味がとろりと広がるケーキも、なにもかもこれまで食べたことがないような、最高のおいしさだった。

「これ、誰が作っているんですか？」

「私が作ったんだ」

その返事に日向はぎょっと目を見ひらいた。

「え……あなたが？」

「ああ、きみをここに運んで、治療をしたあとに」

男――フェレンツは、日向の皿からリンゴのかけらを手にとってつまみ、自分の口に運んだ。

「きみが好きなものは何だろうと考えながら、食べて欲しいと思って、一番おいしい食材を使って料理を作った。明日は、木苺のケーキも作るつもりだ。食事は、オーストリア風に、ウィンナーシュニッツェルにしてもいいし、ハンガリーらしくパプリカチキンの煮込みを作ってもいい。何でも食べたいものをリクエストしてくれ」

「えっ……じゃあ、白チーズの包み揚げとか、イタリア風のパスタとかも？」

「ああ、何でも作れるよ」

「すご……魔法使いみたいですね」

日向が驚いた声で言うと、フェレンツはホットチョコレートをカップに入れて手渡してきた。

「魔法使いというわけではないが、私にできない料理はないよ」

「でも食材がたくさん必要ですよね。あ、もしかしてこの城には……いろんなものが貯蔵されているのですか」

日向の質問にフェレンツは視線をずらして窓のほうを見た。

「そうだな、いろんなものがある」

「すごいですね、人のいるところから離れているのに」

「あ、ああ、離れているから何でもあるんだ」

「ああ、そういうことですか」

「え、あ、ああ、だから欲しいものを口にしてくれ。何でも用意するから。今、他に欲しいものはないのか？」

顔をのぞきこまれ、日向は首を左右に振った。

「いえ、ありがとうございます。今は、このホットチョコレートでもう十分です。申しわけないほどのご馳走をいっぱい食べて……とまどっています」

「とまどうことはない。ここで暮らすのには何の不自由もない。何でもそろえられる。だからゆっくり心ゆくまで過ごすといい。怪我が治ってからでも」

「え、ええ、ありがとうございます」

笑顔で礼を言いながらも、突然のこの展開に日向はとまどわずにはいられなかった。

意識を失うまで竜のいる山の洞窟で恐ろしい思いをしていたのに、今は、遠い親戚という優雅な男の屋敷にいる。そして夢のような接待を受けている。

地獄から一気に天国に……というわけではないけれど、まったく想像もしていなかった展開に、不思議を感じずにはいられない。

とろりとしたコクと甘みのあるホットチョコレートを飲み、身体があたたまるのを感じながら、日向は窓に視線を向けた。

夜空に満月に近い大きな月が浮かんでいる。意識を失う前は、半月に満たない月だった。

では、二週間くらい意識を失っていたのだろうか。そんなことを考えながら、日向は睡魔を覚え、ベッドに横たわった。

4　深夜のピアノ弾き

——危ないっ、日向っ！

とっさに竜伯爵が前肢で摑もうとしたとき、彼はそれを振りはらった。そして神が彼の先祖に与えた宝剣で竜伯爵の身体を切り裂こうとした。

『あうっ！』

鋭い痛みが走り、血しぶきが雨のように飛び散っていく。

それは崖から断崖へと落下していくさなかの、ほんの一瞬のことだった。

激痛のあまり、前肢にこめていた力がゆるんでしまう。その瞬間、彼の身体が引力に負けたように滝壺へと落ちていった。

『日向——っ』

激しい渦と激流のなかに彼が呑みこまれていく。

止めなければ。水の流れを何とかしなければ。そうは思うのに、宝剣が持つ不思議な力に全身が痺れたようになり、ほんの数秒、竜伯爵は動くことができなかった。

しかしそれでも日向を助けたいという思いが勝ち、竜伯爵は滝壺へとむかった。ぐるぐると渦を巻く水のなかに吸いこまれ、意識を失っている彼を必死になって滝壺の底から引きあげる。

『しっかりするんだ、日向……』

何とか河岸へと運んだ。けれど彼はもう虫の息だった。岩場で傷ついたのだろう、首筋や腹部に大きな傷ができ、そこからどくどくと血が流れていた。

死んでしまう。このままだと日向が消えてしまう。

そう思った瞬間、全身が凍りつきそうになった。

『日向っ、頼む、死ぬな、しっかりしろ』

ああ、日向が死んでしまう。一瞬で理解した、彼の命が消えようとしているのを。

宝剣で急所を刺され、命を喪ってしまった父。

『いやだ、お前を喪うのはいやだ』

絶望に襲われる。もう誰も喪いたくない。

喪失の痛みは誰よりもわかっている。

そう、本当はハンスを殺してはいない。ただ、彼がものすごく困るような場所に連れていけと大鷲たちに命じただけだ。

だから彼らは、隣国ウクライナの人里離れた小さな村にハンスを置いてもどってくることにした。

しかしそのことを日向には伝えなかった。ハンスを訴えるため、自分のもとから離れていきそうな気がしたからだ。

けれどこんなことなら伝えればよかったと激しい後悔の念が胸を覆う。

『殺してはいない。ちょっと困らせてみただけだ。私も殺生はできないんだよ』——と。

でも、ハンスを警察に連れていくのは、もう少し待って欲しい。

せめて次の新月の夜までそばにいて欲しい。そうすれば人間に姿を見られることなく大空を飛び、人のいるところまで送り届けるからと。

だから少しだけ私に喜びを与えて欲しい。他者と触れあう喜び、楽しさ。その明るい笑顔を向けて欲しい。ほんの少しの時間でいいから。

ああ、どうして彼にそう正直に言わなかったのか。

傍にいてほしくて、つい口にしてしまった嘘が反対に彼の怒りを生んでしまった。

その結果、あんなことをしてしまって――。

もう許してはくれないだろう。彼は自分を憎み続けるだろう。生き返ったとしても、竜伯爵への恨みは消えないはずだ。

(それなら、いっそこのまま……日向を喪ったほうがいいのか?)

一瞬、そんな思いが胸をよぎったが、竜伯爵はかぶりを振った。

だめだ。日向を喪うことには耐えられない。

もう誰かが目の前から消えていくのには耐えられそうになかった。

『助ける、何としてでも助けるから』

竜伯爵は日向の身体を抱き起こした。

まだ命は尽きていない。今なら助けられる。

すぐに人間のいる場所へ運べばいいのか。

だが、今の竜伯爵にはもうそれだけの体力が残っていなかった。

さっき宝剣でざっくりと切られた前肢や岩場で傷つけた脇腹から血が流れ、激しい痛みを感じていたからだ。

竜の肉体は、人間よりはずっと強靱(きょうじん)にできている。ミサイルや爆弾で粉々にされたとしたら別だが、弓や剣くらいでは致命傷にはならない。だが、宝剣で切られたときだけは違う。

『く……っ……っ』

　こんな身体で空を飛んだら、日向を届ける前に自分が死んでしまう。

　それに森に血の雨を降らせてしまうことになるだろう。そうなったら、森の木々は枯れ、川は流れを止め、人間たちのいる場所が不毛の砂漠になってしまう。

　それはできない。この森の豊かさは、人間たちの命の源なのだから。

　だが、このままでは、日向の命も尽きてしまう。どうすればいいのか。

『そうだ、あれを日向に……』

　父の遺した心臓。どんな傷をも癒すことができる。

　竜の肉体は死とともに消滅するが、心臓だけが遺り、それを土に埋めると球根のようになってそこから真紅の花が咲く。

　雛罌粟（ひなげし）にも似た、この世にたった一つしかない赤い花。

　その花を咲かせたあと、球根はどんな病気や怪我にも効くという万能の薬〝命の花〟となる。

　その花の球根を本当は花嫁選びの儀式のときに届けるつもりだった。それでもう契約を終わりにするつもりで。しかしあのとき、日向を助けることに必死で、さらには自分も怪我を負っていたので、命の花を人間に渡す余裕がなく、そのまま持ち帰ってしまったのだ。

　今、それは森のなかの秘密の場所に隠してある。

　あれを飲ませれば、日向の傷は治るだろう。けれど日向に飲ませたら、自分自身の傷を治すことはできなくなる。尤もこの薬もあの宝剣でできた傷にどれだけの効果があるかは謎だが。

使えるのは、一回かぎり。うなじや心臓を刺されたときはひとつきで命を失うが、他の場所だった場合はじわじわとそこから蝕まれ、ゆっくりと時間をかけて少しずつ命が尽きていく。

それでも数カ月くらいは死なないだろう。それならば、今、助けるべきは日向だ。

(どんな病にも効く妙薬……今、それを日向に……)

†

「いやだ……や……っ」

日向は夢のなかをさまよっていた。竜伯爵に犯されたときの悪夢のなかを。

爬虫類特有の先端が割れた舌先が身体に絡みついてくる。

怖い、おぞましい。そう思うのに、竜の舌先からにじみでる蜜が肌に浸透していくと、異様なほどの快楽に襲われてしまう。

体内を蹂躙(じゅうりん)する竜のペニス。感じやすい場所をこすられるたび、蕩(とろ)けるような絶頂感が何度も身体を駆け抜け、忘我のまま、自分が甘ったるい声をあげている。

そんな日向をあざ笑うかのように竜伯爵が勝ち誇ったように言う。

「すごいな、子作りのためとはいえ……こんな淫靡な相手と交尾をすることになるとは」

「やっ……やめ……こんなこと……」

「なにを言う、どうしようもないほど私を締めつけているくせに」

「あ……っ……違う……こんなの、ぼくじゃない……こんなの……ああっ」

腰を引きつけられ、四つん這いのまま、ぐいぐいと突かれている。

「私の卵をその身に宿すんだ。そして新たな竜の子を産んでみせろ」

「ああっ、あうっ……ひっ、ああっ」

苦しくて、痛くてどうしようもないはずなのに、荒々しく熱の塊が体内を行き交うと、あられもない声をあげてしまう。

こんなの、いやなのに。竜の子供なんて宿したくないのに。

助けて、誰か誰か、助けて――。


「いやだ……いや……そんなこと……助けて……いやぁぁあっ」

どれだけ抗ってもかなわない。竜に貫かれたまま、日向の身体は昏い滝壺の底へとひきずりこまれていく。

口のなかに入りこんでくる大量の水のせいで息ができない。激しい水流の渦から逃れられない。それでも必死にもがいて逃れようとする。水面へ、とにかく水面へ。

そうしてやみくもにもがいた手を誰かに強くにぎりしめられた。

「――……あ……っ！」

ハッと目を開けると、濁った視界のなかで誰かがこちらを見ていた。

「しっかりしろ、日向っ」

「……っ」

何度も瞬きをして、日向ははあと息を喘がせながら、目の前にいる男性をじっと見つめた。

傍らに置かれた燭台の焰が、心配そうに日向をうかがっているフェレンツの相貌をぼんやりと浮かびあがらせる。手首を掴んでいるのは彼だった。

「……フェレンツ……」

日向は何度もまぶたを瞬かせ、目の前にいるのが竜伯爵ではなくフェレンツだと確かめた。

まだ竜に犯されているときの生々しい恐怖感と、絶頂を迎えたあとのような物憂い虚脱感が全身に広がり、寝間着の下は汗でぐっしょりと濡れていた。

この古城で目を覚まして数日が過ぎた。

まだ起きあがることができないので、ベッドから出たことはない。

かつて日向が曾祖父にそうしていたように、朝昼晩……と食事の時間になるたび、フェレンツが隣に座って話をしながら一緒に彼の作った手料理を食べる。

それ以外は、退屈しないように数冊の本を渡され、フェレンツは部屋の外にいるのだが、なにかあったらすぐに呼ぶようにと呼び鈴を渡されていた。

「大丈夫か?」

そっとフェレンツがもう片方の手で日向のほおを包みこむ。ふわっと鼻腔を撫でる甘くて清雅な薔薇の香り。彼がナプフェニィと名づけた神秘的な紫色の薔薇の香りだった。

その芳香を吸いこむと、肺腑(はいふ)に清澄な空気が入りこみ、いやな汗が少しずつ引いて、全身が浄化されていくような心地よさを感じる。

と同時に、今のがただの夢で、ここは安全な場所だという安堵が胸に広がっていく。

それに現実には、子供を産んでみせろとまでは言われていない。竜伯爵は夢での彼よりもひどいことを口にしてはいなかった。日向もあそこまで感じていなかった。

ただ恐怖や悔しさが増幅して、眠るたびに、夢のなかでの竜伯爵はどんどん残酷になり、日向は回を追うごとに彼との交尾に快楽を覚えるようになっている気がする。

「すみません……怖い夢を見て……」

「怖い夢？」

「え、ええ……竜に……」

「竜？」

「あ……いえ……よく覚えてません……単なる夢です……」

竜との交尾の夢を見ていたなんて。ましてや甘い声をあげて快楽をおぼえていたなんて。

とてもじゃないけど、この気高い雰囲気の人に言えない。軽蔑されそうだし、なにより夢のなかの自分を思い出すだけでも、激しい自己嫌悪に死んでしまいたくなるだろう。

「覚えていないのならいいが、顔が青ざめているぞ」

隣に座り、顔をのぞきこんでくる。

優しげではあるが、この数日、フェレンツにはあまり表情がないことに気づいた。ずっと一人でここで暮らしていたせいなのだろうか。

「もう本当に大丈夫です……すみません、騒いで」

「謝ることじゃない。気分直しにあたたかいミルクでも用意しようかと思ったが、その前に寝汗を……拭いたほうがいいな。そのままだと風邪をひく」

フェレンツはそう言うと、日向の身体を抱き起こした。

「え……あの……っ」

「じっとして。あたたかいタオルで、きみの身体を拭うから」

日向を枕にもたれさせ、隣の部屋から湯気の立ったタオルを何枚か持ってくると、フェレンツは日向の寝巻きに手を伸ばした。

「あ……あの……ありがとうございます……そういうのは……自分で」

「いいから、私に任せて。まだ体調も回復していないだろう」

フェレンツがそっと寝間着のボタンをはずし、脱がしていく。日向は反射的にピクリと身体を震わせた。

「どうした？」

「え……いえ……あの」

変な夢を見ていたせいか、タオル越しに少し触れられただけでもなぜか日向の皮膚は張り詰めてしまう。

「じっとしてなさい」

「あ、は……はい」

同性なのでこんなことくらいで恥ずかしがるのも変だとは思う。でもやはり恥ずかしい。だけどおかしなやつだと思われるのも嫌なのでここは彼に任せることにした。

「ずいぶんと細い身体をしているんだな」

「あ……はい」

「あちこち骨が浮きでそうだ。もっと肉をつけたほうがいいだろう」

「そ……ですね」

あたたかなタオルが首筋や耳の裏をたどっていく。静かな部屋のなか、息がかかりそうな距離で裸体を拭われるというのは、どうにも緊張するものだと思った。

「……どうした、震えているが、寒いのか？」

「い……いえ」

どうしたのだろう。声まで震える。

意識を失っているときに縫合もされたみたいだし、衣服も着替えていたし、最初にすべて見られたり触れられたりしているのに、変に意識したりして恥ずかしい。

竜の蜜がまだ皮膚の奥に残っているのだろうか。それとも他者とあまり触れあった経験がないせいか、ちょっと触られただけでも肌の下に熱がこもってしまいそうで怖い。

「……すみません……自分でやりますので」

自分を制御できない気がして怖くなり、日向は反射的に奪うように彼からタオルをとった。

「……っ」

フェレンツが驚いたような顔で目を見ひらく。じっと日向を見つめたあと、フェレンツは手をひっこめて申しわけなさそうに言った。

「すまない……肌に触れられたくなかったんだな」

「あ……あの、そうじゃなくて……あ、いえ……慣れてなくて……すみません」

しどろもどろに言いながら、日向はおずおずとした手つきで首筋や胸のあたりをタオルで拭っていった。

「謝らなくていい。きみのいいようにすればいいよ」

「あの……気を悪くしないでください……すみません……あなたには感謝していて……でも、ただ竜に触れられたときのことを思いだして……」

「竜？　竜に触れられたというのは？」

日向はうつむき、タオルをぎゅっとにぎりしめた。

「どうしたんだ？」

顔をのぞきこまれ、日向はちらりと上目遣いでフェレンツを見あげた。

「あの……竜伯爵って……知ってますか？」

その問いに一瞬目を眇めたあと、フェレンツは窓に視線をむけた。

「このあたりで知らないものはいないよ。少なからず長い歴史のなかで、このあたりの者は竜伯爵と共存してきたからね。オルツィ家と関わりがあるのも、きみの村で花嫁選びの祭が行われていることも知っているよ」

薔薇を一本とり、香りを味わいながらフェレンツは淡々と答えた。その表情と同じで、彼の声音からも感情を読みとりにくい。まるで朗読するような口調なので、竜のことを嫌がっているのか、恐れているのかがわからないのだ。

「あの……では、あなた自身は竜伯爵のことをどう思いますか？」

「どうというと？」

薔薇に唇を近づけたまま、フェレンツは横目でちらりを日向を見た。

「だから恐ろしいとか……そういう感じで……」

「きみは……恐ろしいと思っているのか？」

「え、ええ」

「どうして？」

「え……だって、みんな恐れていますよね。花嫁を捧げさせて……人間と交尾しないと子供が生まれないからって、愛もないのに……あんな花嫁選びという生贄をさしだす祭をひらかされて」

彼が恐れていない様子なのが不思議で、つい思っていた以上の悪い言い方で竜伯爵のことを語ってしまっていた。フェレンツは薔薇を花瓶に戻し、また窓に視線を向けた。

「人間たちは、みんな、竜伯爵のことを嫌っているのだな」

「はい、忌み嫌い、恐れています」

日向はタオルをベッドサイドに置き、寝間着を身につけた。

「忌み嫌い……恐れ……か。哀れだな」

口の端をあげ、フェレンツは呟いた。苦笑とも言えるその笑みは、めったに見せない彼の唯一の笑みだった。

「あの、哀れって……あなたは竜伯爵のこと……恐れていないんですか」

「……」

フェレンツは唇を閉ざして押し黙ると、窓辺に行き、ガラス窓にもたれかかって腕を組み、しばらくじっと外の景色を見た。そうして外を眺めたままの姿勢でぼそりと問いかけてくる。

「どうして……私が竜伯爵を恐れないといけないんだ？」

「どうしてって」

「では、きみはどうして竜伯爵を嫌っているんだ？」

どうして――。

「それは……残酷なことをするから」

「花嫁選びが残酷なのか？」

「え、ええ」

「だが竜伯爵にとっては子孫を残すための必要不可欠な儀式なのだろう？　動物も昆虫の世界も弱肉強食だ。肉食獣が草食獣を捕食するように、竜が子孫を残すために人間を必要とし、花嫁にしてしまうのは、種の保存のために必要なことではないのか？　弱肉強食の世界のなかで、人間だけがその行為を批難できるほど立派なのか？」

「それは……」

いつしか真顔でこちらを見つめているフェレンツの強い眼差しに、日向は圧倒されたように視線をずらして下をむいた。

「あなたの言うことは尤もでしょう。竜伯爵の側から見れば、いえ、生物全体の世界から客観的に見れば、それもありかもしれません。ぼくだって……何も知らないまま恐れたり嫌ったりしていたわけではなくて……。それに竜伯爵は……最初はとても優しくて、友達になれるような気もしていたのですが……ただ……」

「ただ?」

「いえ……あの……ただ……」

思いだしただけで身体が震えてくる。ハンスを殺すように命じたり、怒りのあまり犯して、子供を産ませようとしたり。

「どうしたんだ、なにか辛いことがあったのか?」

フェレンツはベッドサイドに戻り、日向の肩に手をかけてきた。その優しさに胸が熱くなり、日向はぽとぽとと大粒の涙を流した。

「どうした」

「なにを聞いても……嫌わないでくれますか」

「どうして私がきみを嫌うんだ?」

「では……ぼくを軽蔑しないでくれますか?」

涙混じりに見つめると、彼は切なそうに目を細めた。

「……日向、我々は友人で、親戚だろう。私にとっては、きみは唯一の友達だ。その相手が涙を流すほど苦しんで悲しんでいるのに、どうしてさらに軽蔑したり嫌ったりするような、余計に悲しませるようなことをしないといけないんだ」

「フェレンツ……」

「友として、きみの悲しみや苦しみを共有したい」

共有したい。友として——。

「でも迷惑では……」

「とんでもない。それどころか嬉しいよ、私が話を聞くことで、きみの心の負担が少しでも軽くなって、もう悪夢を見なかったり、辛そうな顔をしなくなるのなら」

何という優しいひとだろう。その言葉にさらにドッと胸の底から熱いものがこみあげ、日向は彼の胸にしがみついた。

「大丈夫なのか、私に触れても」

「さっきはすみません。あなたは大丈夫です。いえ、竜以外なら本当は大丈夫なんです」

「それならいいが、なら私からも触れるよ」

肩に添えられたあたたかな手が心地よい。その胸に抱きよせられると、身体が芯から癒されるような気がした。彼の優しさとあたたかさに甘えていいだろうか。友達だと言ってくれるこのひとに、ほんの少しでいいから甘えても。

「では……聞いてもらえますか」

「ああ」

見あげると、深い海のような静けさをたたえた蒼い眸。見つめているだけで心が安らぎ、日向は再び視線を落としてぼそりと呟いた。

「ぼく……犯されたんです、竜伯爵に……」

フェレンツが小さく息をつく。

「無理やり、怒りをこめてぼくと交尾をしてきたんです……うつ伏せにして後ろから……」

さらにフェレンツに強くしがみつき、日向は声を震わせながら言葉を続けた。

「最初は理解しあえると思っていたんです。友達になれるとも。……あたためてくれたし……食べ物も……くれたし……竜伯爵は悪いやつじゃないと思った。……それなのに、いきなり人間を殺すように……命じて……それを止めたからって……嫌がる……ぼくを……っ……っぼくを……っ」

だめだ、涙で言葉が詰まってしまう。ひくひくっと嗚咽を漏らす日向の背をフェレンツがなだめるようにポンポンと叩く。

「いいんだよ、辛かったら口にしなくても」

「いいえ……言います……言わせてくださ……い……」

「わかった、きみのしたいようにして」

「……本当は……みんなから彼を殺せと言われたけど……殺したくなくて……話しあえば共存できると思って……っ……心から……打ち解けようとしたのに」

「では、きみは、殺そうとは思っていなかったんだな」

「ええ……だけど……結局、魔物は魔物でしか……なくて」

日向の言葉に、肩を抱くフェレンツの手がかすかに震える。

「……っ」

顔をあげると、フェレンツがやるせなさそうに日向を見ていた。しかし目があうと、彼は伏し目のまま外に視線をずらす。

「そう……魔物は魔物というわけか」

「え、ええ、だから……竜伯爵のそばに……いるのが、辛くて……彼のところから逃げようとして……途中で滝壺に落ちて……気がついたらここに……」

「そうだったのか」

フェレンツは日向を抱き寄せ、髪を撫でながらそっと薔薇にするように耳元に唇をよせてきた。

「わかったよ。きみが……竜伯爵を恐れる理由が」

彼の慈しむような声音に、胸のつっかえが取れるような気がする。

「ありがとうございます……わかっていただけただけで……少し心が軽くなりました」

胸に手を当て、日向は微笑をうかべた。

「そう、よかった。それなら、きみにとても素敵なおまじないを、これから二つかけてあげるよ」

「素敵なおまじない？」

きょとんとした日向に、フェレンツは枕元に手を伸ばして花瓶から淡い紫色の薔薇を一本とり、日向の手にもたせた。

「その薔薇に顔を近づけて、息を吸いこんで」

「え、ええ」

この薔薇に？

まだ露を含んでいそうな、みずみずしい花びら。その奥から噎せそうなほどあふれてくる、清楚で、透明な空気のような甘美な香り。

言われるまま、すうっと息を吸いこむ。鼻腔を通って、肺へ、そして脳へとすがすがしい花の精気が浸透し、ふわっと身体が軽くなったような気がする。

「すご……とってもいい香りですね」

口元に笑みを浮かべた日向を、彼は目を細めて見つめていた。どこか幸せそうな、とてもおだやかで、この香りにも似た甘い眼差しで。

「そう、それが一つ目のおまじないだ」

「え……」

「この屋敷は薔薇園に囲まれているんだが、その周りには、豊かな原生林の森が広がっている」

薔薇園と原生林の森……。

ここにきて数日になるが、まだベッドから起きあがっていないのでどんなものなのか見たことがない。想像もつかない。

「うちの薔薇は、この館の周囲の森の恵みを一身に受けて育つ。この森に息づく命の強さに育まれて。薔薇のみずみずしくも甘い香りは、この森からの愛情を受けたからだよ」

「森からの愛情……」

意味がわからず、日向は小首をかしげた。

「命と愛の恵みに包まれた花の精気がきみの体内へと流れこんでいった。その瞬間、とても素敵な清々しさと、活力がみなぎるようなエネルギーを感じなかったか？」

「はあ……言われてみれば……そんな感じが」

「心が暗闇に囚われそうになったら、その薔薇から命の恵みと生命力を分けてもらえばいい。そうすれば、心地よい眠りにつける。もう悪夢は見ない。それが一つ目だ」

フェレンツの言葉に、日向はふっと笑った。

「素敵なおまじないですね。ありがとうございます」

確かに、この香りを吸いこんで眠ったら、もう悪夢は見ないような気がする。

森からの恵みのおかげかもしれないが、なによりも彼がおまじないだと言ってかけてくれた言葉の優しさにとても幸せな気持ちになれるから。

「で、二つ目は何ですか？」

「二つ目は、今、きみの身体が欲しているものだ」

「え……？」

「ちょっと待っていてくれ」

フェレンツは隣の部屋に行き、銀色のワゴンを押しながらもどってきた。

「これだよ」

ワゴンの上に載った皿を見せられ、日向は思わず声をあげた。

「あ……っ」

何ということだろう。銀色のトレーの上に、白い大きな皿が置かれ、そこに幾種類ものスイーツが載っている。

「うわっ、すごいっ！」

「今日はきみに笑って欲しくて、失敗が生んだ不思議なスイーツをいっぱい用意したんだ」

「失敗が？」

ああ、と、フェレンツはうなずいた。

「まずはこのプラリネだが、あ、その前にプラリネは好きか？」

「は、はい」

「良かった。それなら、説明しよう。プラリネはプララン公爵の料理人がアーモンド菓子を作っているところに、そそっかしい弟子が間違えてカラメルソースをぶっかけてしまったんだ。それでできたのがこのスイーツ。偶然の産物が生んだ美味しいお菓子だ」

フェレンツは皿の上に載ったプラリネを一つつまんで、日向の唇に近づけていった。

食べろ、ということだろう。日向は薄く唇をひらいた。そこに小さなアーモンド菓子を彼がそっと押しこんでくる。

「ありがと……ございます」

もぐもぐさせながら礼を言ってアーモンドを齧る。すると濃厚なカラメルソースがしみたアーモンドが香ばしく口内で弾ける。

何という気持ちのいい嚙み心地だろう。

「それからこのメレンゲに溶かしバターとラム酒を加えて焼いたケーキ——ガトー・マンケは、ビスキュイ・ド・サボワを作るはずが卵白の泡立てに失敗してできあがった偶然の産物だ」

ふわっとバターの香りが漂うスポンジケーキをとり、フェレンツが小さなかけらを日向の前に突きだす。

そのままパクっと食べると、ふわふわとした生地が口内でやわらかくなり、そこからしみでてくるラム酒の風味がたまらなくおいしいケーキだった。

「あと、こっちの忙しすぎたため、オーブンを確かめるのを忘れたせいでリンゴを焼きすぎ誕生したのが、タルト・タタンだ」

焦げたカラメルソースの奥に香ばしい苦味と甘さが含まれた、やわらかな食感をしたりんごのタルトだった。

「うわうわっ、これもすごくおいしい。こんなにおいしいものが全部失敗作から生まれたものだなんてとても不思議ですね」

「そうだろう、不思議だろう？」

「ええ」

日向はいつしか笑っていた。

「よかった、笑ってくれて」

「え……？」

「それが二つ目だ。失敗しても、結果がよければそれでいい」

「あ……」

「辛いことや哀しいことがあっても、最後に素敵なものができあがったら、その辛いことも哀しいこともどこかに消えてしまう。いや、むしろそれを土台にしてよかったと思えるようになるはずだ。すぐに辛いことが忘れられるとも、簡単に気持ちが切り替えられるとも思わない。でも二つのおまじないもかかったことだし、今夜はいい夢が見られるはずだよ」

そうか。慰めてくれているのだ。このひとは、ものすごく一生懸命日向を元気づけようとしてくれている。

「……っ」

嬉しくて泣けてきそうになった。

素敵なおまじないは、このひとの優しさだ。竜伯爵のところで起きたことはとてもショックだったけれど、そのおかげでこのひとと会えた。

だから、結果的に良かったとはまだ素直に思うことはできない。

それでもそう思えるよう、前をむいて進もう。そしてあの出来ごとを乗りこえよう。

そんなふうに己に言い聞かせながら、日向は彼が作ってくれたスイーツを最後のひとつまで食べ尽くした。


早く元気になりたい。薔薇園も見たいし、原生林の森も見てみたい。この屋敷のなかのことも知りたい。世界中から集めた本のある書庫というのも見てみたい。

なによりフェレンツのことがもっと知りたい。

懸命に日向を癒そうとしてくれる彼の優しさ。あんなにも素敵なひとがどうしてここで一人で暮らしているのか。

神秘的なほどのあの美しさ、それに知性を持ったひとに今まで会ったことはない。その上、医療の知識もあって、ありとあらゆる料理が作れる。

それなのに日向に会わなかったら、彼は誰とも触れあわないまま薔薇に囲まれたこの屋敷で、一人で暮らし、一人で年老い、一人で朽ちていくことになったのだろうか。

なぜ、ここでずっと一人で暮らしているのか。どうして外の世界に行こうとしないのか。そのことになにも感じないのか。淋しくないわけがないと思う。日向が目を覚ましたときの彼の言葉の端々に、彼の孤独さ、人恋しさがにじんでいた。


——い、いいのか？　本当にここにいてくれるのか？

──迷惑だなんてとんでもない。もしよかったら、好きなだけいてくれ。

──笑顔というものは、相手への好意がなければ生まれないものだと辞書に記されていた。つまりきみは私を嫌っていないわけだ。

──きみに嫌われていないのがわかってとても幸せだよ。

──わからないんだよ……人と……その……あまり関わったことがないので、どのようにしたら嫌われないのかが。


その言葉の数々。それに過剰なほどの日向への親切。

この数日間のことを思い出せば思い出すほど、改めて彼のことを知りたいという気持ちが日向のなかで募ってくる。

ものすごく孤独で、ものすごく他者との触れあいを求めているのではないか──と。

自分では力不足かもしれないけれど、なにかできることはないだろうか。

そんな思いもあり、翌日から日向はベッドから出て杖をついて歩く練習を始めることにした。

隣室のトイレに行けるようにと、フェレンツがベッドサイドに車椅子と松葉杖を用意しておいてくれた。

ベッドと同じ高さなので車椅子に座って移動するのはそう難しくはない。けれど松葉杖で歩くのはまだ大変だった。

「……痛っ」

一歩進むと、足首のあたりがズキッと痛む。けれど少し杖で支えれば、決して歩けないわけではない。杖をついて、前に進んで……とくりかえしているうちに、すぐに歩けるようになった。

「……このくらいなら大丈夫だ」

明日の朝、フェレンツが朝食を持ってきたときに、テラスまでひとりで歩こうと思い、日向は窓辺とベッドとの間を何度か往復した。

「うん、やっぱり自分で歩けるというのはいいな」

動いているうちに少しずつ暑くなってきたので、外の空気を吸おうと、日向はガラス戸を開けてバルコニーに出てみた。

「うわっ」

ふわっと風が押し寄せ、同時に噎せるような、濃密な薔薇の香りに包まれる。

古めかしい古城のなかの日向の寝室は、ちょうど薔薇園に面した二階に位置していた。

夜空には満月に近い月が浮かびあがり、眼下に夜の海のように広がった色あざやかな薔薇の花を青白い光が艶やかに輝かせている。

何という甘美な香りだろう。息をするだけでも、甘やかな夜の楽園にまぎれこんだような錯覚を覚えてしまう。

その濃厚な薔薇の香りとともに、森のマイナスイオンに満ちた涼しげな空気も風が運んでいる。

夢のように美しい光景だった。よく見れば水をたたえた泉水があり、そのむこうに、蔓薔薇(つるばら)をまとった白い大理石の小さなガゼボがあった。

英国庭園によくある、鳥かご型の円形の空間。神殿にも見えるような、その建物の中央に白いグランドピアノが置かれていることに気づいた。

なにもかもがとても美しく幻想的だった。おとぎ話の世界のようだ、と思ったそのとき、日向はハッとした。

　薔薇のアーチをくぐり、ガゼボに向かう人影が見えたからだ。

（あれは……フェレンツ……）

　音楽だ、あの音楽が聞こえてくる。森の入り口にいるときに聞こえてきた音楽。はっきりとそれだとわかった。あのときよりも明確に、きちんとした音楽として聞こえてきていた。

（……そう……だったのか）

　あの音楽はあなたが演奏していたのですか。

　曾祖父は竜が洞窟で動く音だと言っていた。だから竜伯爵がつくりだす音楽だと思っていたけれど、違った、フェレンツが演奏しているピアノの音だったのだ。

（その音楽……大好きだったんですよ）

　静かに優しく軽やかに、それでいてどこか淋しげで、澄みきった青い月の光がそのまま清らかに身体の奥へと透けるように、そんな繊細な音楽が薔薇園全体に響いてくる。

　あの音楽を演奏していた人がフェレンツだったなんて。

　驚きと喜びが胸のなかを渦巻いていく。

「……っ」

　バルコニーに手をつき、日向は薔薇園の中央でピアノを演奏するフェレンツの姿を見つめた。

　やはり彼のことが知りたい。

　どうしてここにひとりぼっちでいるのか。

どうして彼のいる世界はそんなにも哀しいほど美しいのか。

彼が育てている薔薇、薔薇園をとり囲んでいる森。

それから頭上から降りそそいでくる月の光、彼が演奏しているピアノの旋律、彼が作る料理、彼から出てくる言葉……。

なにもかもが、朝、薔薇の花びらで煌めいている露のように透明な美しさに満ちている。

あまりにも美しすぎて、なぜか日向は胸が痛かった。


「……昨夜は夜更かししたようだな」

翌朝、朝食を持ってくると、フェレンツは窓を開けてテラスに白いテーブルを置いてそこに食事を並べ始めた。

「気づいていたのですか？」

「ああ」

「すごく綺麗でした。あのピアノ、ずっと森の入り口にきて、聴いていたんですよ」

ベッドから杖をついて降りると、昨夜とは違い、色あざやかな薔薇園と森が朝の光に包まれてきらきらと輝いていた。

頭上の雲間からさしてくる幾筋の光がバルコニーのテーブルの近くまで伸び、やわらかな初夏の風が薔薇の甘い香りを運んできていた。

「そうか。聴いていてくれたのか」

白いティーカップに、フェレンツがあたたかな紅茶を注いでいく。紅茶からも優しい薔薇の香りが漂ってくる。

「ものすごく美しい音だったので、惹かれて。でも曾祖父は、ピアノではなく、竜伯爵が動くときの洞窟の音だと言ってました」

「それはそうだろう。誰もいない森の奥から、普通はピアノの音なんて聞こえないものだからね」

「ここは、案外、ぼくの住んでいた村に近いのですね。嵐で道がなくなったと言ってましたけど、道があったときはけっこう行き来できる距離だったのですか？」

「いや……近くはない」

「でも……ピアノの音が……聞こえて」

フェレンツは薔薇園に視線を向けた。

「あのガゼボがある場所の脇に泉があるんだが……地下水脈につながっているんだ。そこに空洞があって、森の入り口の地下へと続いている。だから音が反響してそこまで届くんだ」

「そうなんですか」

糸電話の原理だろうか。けれどそれでもすごく遠いわけではないだろう。

「やはり……帰りたいのか？」

「え……っ」

「いや、何でもない。さあ、食事をしよう」

「あ、はい」

テラスの椅子につき、朝食をとる。

テーブルの上には、またあの紫色の薔薇が飾られている。

あとは、生野菜のサラダ、ポーチドエッグ、ハムとチーズ、それからクロワッサンとブリオッシュ、あとはヨーグルトとオレンジジュースとフルーツのコンポート。

ホテルの朝食のようなメニューだった。

「このクロワッサンとブリオッシュ、すごく美味しいですね。まさかこれもフェレンツが？」

「ああ、私が作ったんだ」

「信じられない、どうしたらこんな素敵なものが」

「食べて欲しいと思って作ればいいだけだよ。書庫のなかに世界中の料理のレシピがあるからそれを参考にして」

「でもふつうはそこまでは……何か申しわけなくて」

「気にしないでくれ。楽しくてしょうがないんだ。大切な相手のためになにかをするというのはとても楽しいことだと、きみと出会って初めて気づいたよ」

「あの……これまでは……」

「これまでは……特に誰かのためになにかしたいと思ったことはない。寝床のある空間を作ったのも、果物を用意しようと思ったのも……きみゆえだ」

寝床のある空間？　ベッドのことか。

「私の父は……母がいなくなったあとも、いつも彼女のことを思って、寝床や食べ物を用意していた。子供のころ、そんな父の姿を哀れだと思っていたが……今、ようやくその気持ちがわかったよ。母のためにそれをするのが父の喜びで生きがいだったのだと」

「あの……お母さまは？」

「ここでの暮らしに耐えられなくて、出ていったよ……。ある意味、あそこから逃げだそうとしたきみと同じかもしれない」

風になびく前髪をかきあげ、フェレンツが目を細めて遠くを見つめる。その視線の先――森のむこうに切り立った岩山があることに気づいた。

「あそこ……って。ではあれは」

「そう……竜伯爵の山だよ」

まだ岩山には朝靄（あさもや）がかかっているのではっきりとは見えないが、村に行くよりは近そうな距離に感じられた。

今ごろあの竜はどうしているのだろう。

もしかして、ここにいることを知られているのではないか心配になる。

「すごく険しい山ですね。あんなところから逃げだそうとしたのですね、ぼくは」

「あの岩山に……いるんですね、竜伯爵」

「そうだ」

「そうだな。無事でよかった」

「ありがとうございます。あなたがいなかったら……きっと生きてなかったと思います」

「そうだな、あんなところから人間が無事に逃げだすのは無理だ。ましてや、この森の地理も気候もまったくわかっていない人間が」

その言葉にハッとして日向は顔を上げた。

「この森の地図ってありますか？」

「ああ、書庫に」

「見に行ってもいいですか？」

「もちろん」

「よかった。じゃあ、この森からの出る道筋を確かめたり、竜伯爵を倒しに山に行く道を探すのも可能なんですね」

「竜伯爵を倒す気なのか？」

フェレンツが驚いたような顔をむける。

「……あなたは反対しますか？」

「いや……殺生は嫌いなんじゃなかったのか」

「それはもちろん。でも……やっぱり彼をこのままにしては、また誰かが犯されて、卵を産ませられるようなことになるんじゃないかと思って」

「そうだな。人間は竜の子なんて……産みたくないものだからな」

「当然です、竜の子供なんて……恐いこと……」

「きみの場合は……同性だからというのもあるのか」

フェレンツは静かに目を細めた。

「いえ、そうではなく……それ以前の問題です。竜の卵なんて考えられなくて」

「……そうだな。倒したいと思うのは当然だ」

「でも最初はそうじゃなかったんです。前にも言いましたけど、話しあいをしようと思って。でも彼は怒りに任せてぼくを犯して」

「怒りの原因は?」

「それは……ハンスという、ぼくの親族を殺すように、彼がしもべたちに命令したことをぼくが批難したことがきっかけで」

「竜伯爵がハンスを殺すように命令したのも、ちゃんと原因があるのだろう?」

「あ、ええ。それは……ハンスがぼくを殺そうとして……彼のこともライフルで撃って……」

あのときの竜伯爵の怒りの言葉が脳裏に甦る。

『せっかくここに連れてきて、花嫁として犯さないまま、安穏と過ごせるようにしたのに』

『命を助けてやったのに。あの男から守ってやったのに。相手は私だけだと言った言葉に応じて助けてやったのに。そう思うと、怒りが止められない』

そうだ。竜伯爵は、日向のためにハンスを殺そうとした。けれどそのことを日向が批難し、法の裁きを受けさせるべきだと言って、それに彼が怒って。

「彼はぼくのためにしたのかもしれません……でもやっぱり人を殺すのは……」

「どうしてそれを嫌がるんだ? 悪人なら殺すべきじゃないのか?」

「あなたも……そういうふうに思うのですか」

「え……」

「目には目を。命には命を。同じものを相手から奪うような」

その問いに、フェレンツは深く息をつき、立ちあがって、バルコニーのテラスにもたれかかりながら吹く風に目を細めた。

「かつてここにいた先祖たちは、みんな、そうやって生き残ってきた。悪いこととは思わない。私が竜伯爵なら同じことをしたかもしれない」

その言葉に日向は愕然とした。

「同じことをしたって……」

「きみを殺そうとするものを殺した……ということだよ」

日向は困惑を顔に浮かべた。そんな日向を一瞥したあと、フェレンツは山のほうに視線をむけた。

「だが、きみの言うことが正しいんだろう。命を奪うことはいいことではない。法律という別のものに委ねることができるのなら、そのほうがずっといい。でも生きていても価値がなさそうな男じゃないか、そのハンスというのは」

フェレンツは咎めるように言った。

「でも彼には子供も奥さんもいるんですよ。家族を喪ったら……彼らが哀しみます」

「優しいんだな、きみは。犯罪者の家族のことまで心配するとは」

「唯一の肉親を喪ったばかりなんです。……喪失の哀しみを思うと胸が張り裂けそうになって。曾祖父を亡くしたときの痛みを思いだすと、どうしてもハンスがいなくなったらいいなんて思えなくて」

これは綺麗事なのか？　一瞬、そんな思いが胸をよぎる。

だが、すぐに、いや、そうではないとも思い返した。

この国は法治国家だ。しかも死刑制度はない。たとえ極悪な殺人者であっても、死によって罪を贖うことは許されていないのだ。

「身内を亡くしたときの胸の痛みか」

胸に手を当てて、フェレンツはなにか考えこむようにしてうつむいた。

「確かに……大切な相手がこの世から消えてしまうのはとてつもなく淋しいものだ。その気持ちだけは私にもわかる」

大切な相手ということは、父親のことだろうか。

「だからきみの言いたいことはわかる。だが自分を殺そうとした悪人の家族にすら情をかけるきみがどうして竜伯爵を倒そうと考えるんだ。彼にはどうして……」

「悪人といえど、竜伯爵が人間を殺したら、彼はさらに人間から恐れられます。どんな報復をされるか。そう案じて、彼を止めようとしたのですが……その気持ちは伝わらなくて」

「確かに一理ある。しかしそれだけに余計にわからない。そこまで彼の身を案じていたのに」

「だからこそです。どんなに案じても、歩み寄ろうとしてもこちらの思いが伝わらなかった。それどころか無理やり……。そのとき気づいたんです、彼だけは別だ、彼は別の価値観の生き物だと」

「別？　どうして？」

問いかけに、日向はうなずいた。

「彼が生きているかぎり、人間は恐怖を感じ続けなければいけない。竜伯爵は繁殖のため、花嫁を求め続ける魔物ですから」

「それはいけないことなのか？　竜が子孫を残すために必要なことだ」

「わかりますよ。でも人間にとっては敵になってしまうじゃないですか」

「——敵……か」

フェレンツは少し淋しそうな顔をした。

「あなたは、竜伯爵の味方なんですか。やはり近くに住んでいるから」

「いや……」

「では、あなたも竜伯爵からなにか困った要求を受けたりしたことは？」

「っ……ないことはない」

「どんなことを……」

少し押しだまり、フェレンツは口元に淡い微笑を刻んだ。ここにきて、彼が初めて見せた本物の微笑かもしれない。

「むしろ、竜伯爵ゆえに、私はここを離れることができないんだ」

花瓶から薔薇を切りとり、フェレンツは香りと花弁の感触を確かめるかのようにほおを寄せた。

「竜伯爵ゆえに？」

「竜伯爵がこの世に存在するかぎり、私もここにいる。それ以上のくわしいことは……またいずれ話す。今はやめておこう」

竜伯爵が存在する限り。監視かなにかされているのか、それとも彼の家も繁殖のために花嫁をさしだしてきたのか。

いや、それはない。竜伯爵の花嫁は、オルツィ家のある村から出すことになっていると曾祖父が言っていた。

「わかりました。くわしいことは訊きません。ただ……あなたも結局は竜伯爵によって人生が定められてしまったのは同じですね」

「そういうことになるかな」

フェレンツは薔薇の花を一本、日向の胸にさした。

甘い香りがすうっと漂ってくる。

「あなたは……辛く……ないのですか？」

「最初からそういうものだと受け入れてきた。父もそうだったし、我々は代々そうやって竜伯爵ゆえにこの地に縛られて生きてきた」

「ここでの生活に苦痛を感じることは？」

その問いかけに、フェレンツは淡く微笑した。

「特には。そうした感情は持ったことがない。多分、私には感情というものがないから」

「え……」

「この暮らしが辛かったことはない。きっとそういう感情は持ちあわせていないんだよ」

感情がない？

こんなにも美しい薔薇園を造っているのに？　薔薇に陽射しという意味の名前をつけたときに少しだけれど嬉しそうにしていたのに？

フェレンツと名乗ったときも感動していたように見えたのに？

それに日向の笑顔を見て、嫌われないのは幸せだと言っていたではないか。

「そんなわけがない。あなたは感情があるじゃないですか」

「え……」

「ぼくを助けてくれたのもあなたの感情だし、この薔薇園をここまで美しくしているのもあなたの感情、陽射しと名づけたときも、フェレンツと名乗ったときも、少しだけ嬉しそうにしていましたよね。

なによりぼくにおいしい料理やスイーツを作ってくれるのは、あなたの思いやりという感情じゃないですか」

「……っ……それが感情というものなのか」

フェレンツは驚いたように問いかけてきた。

「ええ」

「そう……そうなのか」

目を細めて、少しうつむいて口角を上げている。微笑とも、はにかんでいるような自嘲気味の笑みとも取れるような複雑な表情だったが、それもまた彼の感情から出たものの一つだ。

「まさか……あなたは……わざと感情を持たないようにしているんですか、ここで一人で生きていくために、竜伯爵に縛られているゆえに」

フェレンツはかすかに小首を傾げた。

「わからない」

「え……」

「わからないんだ、それすらも」

「どうして」

「持たないようにしているのかどうかも。ずっと一人だったし、一人でいることに感情がないほうがいいと考えたこともない」

「そんな……」

「だから竜伯爵ゆえにここにいる状況も苦痛だと思わないし、そうした生活から逃れたいと思ったことはない」

「自由になりたいと思ったことは？」

「ない。竜伯爵という存在に人生を縛られ、誰からも愛されず、ここで一人で生きていくのが私の運命なら、それはそれでいいと思っていた」

「どうして人生を縛られているんですか」

「この森の番人として暮らすのが私の役目だから。私がいないと、この森が荒れる。この森の恵みもなくなる」

そういえば、人間と竜伯爵との約束のなかに、そういうものがあった。カルパティア山脈からの天変地異や自然災害から人間たちの村を守り、森の恵みを人間に約束するというものが。

「まさか……」

日向の家が、代々、花嫁選びの儀式を執り行ってきたように、このひとの家は、代々、森を守る役目を負わされてきたのか？

「そんな……それなら、あなたも生贄、犠牲者みたいなものじゃないですか」

「そんなふうに思ったことはない。ここで暮らし、ここで死ぬ。それに疑問を持ってもいないし、それでいいと思っていた」

そうか、そういうことか。

知らなかったのだ、このひとは。犠牲や生贄、孤独の意味も、束縛の意味も……。

「では、竜伯爵が恐ろしい生き物だというのも考えたことはなかったのですか」

「そうかもしれない。魔物だと意識したこともなかった」

「会ったことは？」

「……なくはない」

「怖くは？」

「特には。ただああいう容姿をしたものを人間が怖がるのだと父が言っていたが、私はそれもよくわからなくて。あまり深く考えたことはなかったんだよ」

「では、あなたは彼が繁殖のため、人間を生贄として犠牲にすることに、これまで何の疑問も抱かなかったのですか」

「――犠牲？」

フェレンツは眉根を寄せた。

「誰だって竜伯爵の花嫁になんてなりたくないし、竜伯爵の子供なんて産みたくない。愛がないのですから。でも竜伯爵はそうしないと繁殖できない。それなら彼は人間から見たら害獣以外の何ものでもないじゃないですか」

なぜこんな言い方をしているのだろう。

竜伯爵の優しさも知っている。助けてもくれた。けれど彼がこの世界で生き、子孫を繁栄させていくためには、花嫁という犠牲を払わなければならない。と同時に、このひともこの森から出てはいけないという犠牲を強いられている。

竜伯爵がこの世に存在するかぎり。花嫁だけでなく、このひとも犠牲になり続けるのだ。そのことが日向には悲しくてしょうがなかった。

それならいっそ、この世から竜伯爵が消えるべきではないのか、と思って。

「哀れだな」

フェレンツが哀しげに言う。

「え……」

「竜伯爵が哀れでしょうがない」

「彼に……同情するんですか」

「私と似た境遇だから」

薔薇の花から一枚、花びらをとって、フェレンツは風に乗せた。ひらひらと舞いながら紫の花びらが薔薇園へと消えていく。

「この土地の最後の末裔（まつえい）。家系を守るため、愛があろうとなかろうと誰かと結婚して、繁殖行為をしなければならない。ただ子をなすためだけに。繁殖行為、そして子供をなすというのが害獣ならば、私も害獣だよ」

フェレンツは淡い笑みを浮かべた。

「害獣だなんてどうしてそんなことを言うのですか」

「そう思うからだ。そう思うのも感情だとしたら、私の感情ゆえに」

「そんなふうに自分のことを卑下するのはやめてください。あなたは竜伯爵とは違いますから。そもそもあなた自身が竜伯爵の犠牲になっているんですよ」

「犠牲？」

フェレンツの両肩を摑み、日向は彼を見上げて言った。

「ええ、犠牲です。あなたは竜伯爵とは違う。彼は加害者で、あなたは被害者です。だから、どうですか、一緒に竜伯爵を倒す計画を立てませんか」

ふいにそんな言葉が出てきた。

「一緒に？」

「そう、一緒に」

「なぜ」

「そうすれば、あなたも竜伯爵から解放されます。解放されたら、きっと別の感情が湧いてくるはずです。もっとこういうことがしたいとか、もっともっと違う感情が。だから」

「竜伯爵からの解放？」

ええ、と日向はうなずいた。彼がなにに縛られているのかわからないが、少なくとも竜伯爵がいなければ彼は自由だ。

「解き放たれたくないのですか？　自由になるんです、竜伯爵の呪縛から」

その問いかけに、フェレンツは目を細め、どこか遠いところを見ているような眼差しで岩山の方を見つめた。

そしてしばらく何か考えたあと、ぼそりと言う。

「解放か。悪くないな」

「賛成してくれるのですか」

「ああ」

「本当に？」

「私も解放されたい、できれば自由になりたい」

「一緒にやってみましょう。そのとき、きっとぼくも救われますから」

「きみも？　本当にきみも？」

日向の両肩をつかみ、フェレンツが顔をのぞきこんでくる。

「きみは……幸せになれるのか？　竜伯爵を倒したら」

「え、ええ。幸せになれると思います。竜伯爵を倒したら、ぼくも彼から犯された苦しみも悲しみも消えるはずですから」

そう言ったほうが、彼がこの計画を前向きに考えてくれるような気がした。

「倒したら、きみはもう悲しい夜を過ごさなくなるのか？」

「はい、きっともう悪夢は見ません」

本当は、悪夢はもう見ない。彼が慰めてくれたおかげで。でもなにか彼と二人でやり遂げる目標のようなものが欲しかった。

なにより、竜伯爵から解放されたら、彼はここから出ることができて自由になれるのだから。

「そう、きみが悪夢を見るのは辛いからな。この辛いというのも感情なのか？」

「ええ、それも感情ですよ」

「これも感情か」

フェレンツは自分の胸に手を当てた。

「ではこれもそうなのか？」

「これも？」

彼は日向の手を取って自分の胸に当てさせた。

「この胸の動悸だ。きみが悲しいと悲しい、きみが嬉しいと嬉しい、きみが苦しいと苦しい。そう感じるのは感情なのか？」

……感情というか……それは愛の告白みたいなものですよ。

と言いたかったが、やめた。

あまりにも美しい人が真摯に、それでいて子供みたいなことを問いかけてくるのがどうにもいじらしくて愛おしさを感じて、自分も同じだと思ったからだ。

「それも……感情だと思います」

日向は震える声で答えた。

「わかった、ならきみが喜ぶことがしたい。もちろん、私も自由になって解放されたい」

「フェレンツ……本当に？」

「ああ、なによりきみが喜ぶことが私の喜びだから。竜伯爵を倒してきみが幸せだと思うのなら、私も竜伯爵を倒す。いや、私こそが倒してみせる。そのとき、きみも幸せになれるんだな？」

「ええ」

日向はうなずいた。

そのとき、幸せになれる。そう、このひとが解放され、自由になれるのなら、自分はこれ以上ないほど幸せになれる。そんな気がした。

なぜなら……このひとが好きだから。

（そう……ぼくは……このひとが）

どうしようもなく好きだと思った。このひとを外の世界に連れていきたい。

竜伯爵からの縛りからも、孤独からも解き放たれて欲しい。そんなふうに思う。

「では約束しよう。私が倒してみせるよ」

フェレンツが微笑する。

この薔薇園の空気のように、透明で、とても静かで印象的な、これまで誰かのもので一度も見たことがないような、そんなほほえみに、日向は胸が切なくなるのを感じた。

自由になって、もっともっともっとたくさん笑ってください。もっと幸せな笑みを見せてください、と。

5　愛の誓い

「では、ぼくの怪我が治ったら、一緒に竜伯爵を倒しに行きましょう」

日向が嬉しそうに、知りあったばかりの男と約束を交わしている。

いいだろう、好きなだけ約束しろ。

愛するものが自分を倒す計画をしている。そのことが竜伯爵には嬉しくてしょうがなかった。

ついにこれで終わりにできる。

この長く不毛な竜としての生を終わりに。

日向の怪我が治るまでの三カ月間、それから二人は竜伯爵を倒す計画をしながらも、少しずつ距離を縮めていった。

「フェレンツ、この部屋、使っていないの、もったいないよ？」

いつのまにか敬語をやめ、日向は友達に話すような口調で彼に話しかけていた。

「そうかな」

彼のほうが年上なのに、世間のことはなにも知らないので、最近では日向の方がいろいろと積極的に話しかけ生活の相談を投げかけている気がする。

古城はとても広く、部屋数も多いのに、フェレンツが使っているのは、古城の一階にある食堂用の広間と、二階にある彼の寝室、そしてさらにその寝室の隣にある日向用の客室だけ。

ふたりの部屋のテラスは薔薇園に面しているが、その二室の他にあるいくつもの部屋がまったく使用されていない。

「私一人が生活するだけだ。必要ない。だがきみが使いたいのなら、自由に使ってくれ。衣類もたくさんある」

それに地下にある図書室、二階の衣装部屋、音楽室等もただ博物館のようにシートがかけられた状態でまったく人が使っている気配はない。

「せっかくだから、ちょっと探検しない？」

†

「え？」

「フェレンツも一緒に」

「私も探検に？」

「うん。ここらへん、蜘蛛の巣がはってるよ。滅多に来ないの？」

蜘蛛の巣をはらいながら日向は足を進めた。階段を上がっていく途中、まだ足首に痛みを感じて立ち止まると、後ろからフェレンツが日向を抱きあげる。

「フェレンツ……」

「無理をするな。階段の上り下りは負担になる」

腕に抱きかかえられると、彼が自分よりもかなりたくましく、しっかりとした骨格、しなやかな筋肉の持ち主だというのがわかる。

息がかかるほど間近な距離。彼からいつも甘い薔薇の香りがしてきて、最近はその香りを嗅いだだけでドキドキとしてしまう。

「あ……これ」

右手首から見える包帯に日向は眉をひそめた。

「まだ……治らないの？」

「ああ」

「手当てしないの？」

「している。このあたりに群生するレモングラスに似たハーブで治療をしているから」

「ああ、それ、フェレンツも知ってるんだ」

「きみが教えてくれたんじゃないか、傷にいいって」

「ぼくが？　いつ？」

そんな話をフェレンツにしたことがあっただろうか。

「ここに来て、すぐのころだよ」

「そう……だっけ？」

怪我で倒れているときにでも口走ったのだろうか。

「まあ、いいや。それならそれで。でもそれにしても治りが遅いね。化膿していないか心配だよ」

「化膿はしていない。少し毒が入っただけだ」

「毒……？」

ああ、フェレンツはうなずいた。

「薔薇の手入れをしているときに？」

「多分」

「ダメだよ、ちゃんと手当しないと。フェレンツ……ぼくにはものすごく優しいのに、自分のことに関してはとても無頓着だから」

「そうかな？」

「そうだよ、自分のことに関心なさすぎ」

「そう……かな？」

そんな話をしているうちに三階に着いた。

中世の古い城。どんなふうになっているのか確かめようとしていくと、騎士たちの甲冑（かっちゅう）や古い武具

が展示された部屋の奥に渡り廊下があり、中庭に下りる階段へと出る。

中庭に小さな聖堂があった。

「すご……ちゃんと聖壇がある」

ステンドグラスから太陽の光が漏れてくる美しい空間が広がっていた。

白い漆喰の壁、大理石の床、何の装飾もないシンプルな聖堂になっていた。

ただ天窓から差しこんでくる陽光の位置の加減によって虹色のステンドグラスの絵が両側の白い壁に映しこまれるようになった幻想的な聖堂になっていた。

ステンドグラスには、この地の竜伯爵伝説だろうか。子爵家の曾祖父の部屋やあの洞窟の壁画とよく似た絵が刻まれている。

最初のステンドグラスは騎馬民族たちがこの城を攻めているものだ。

東洋から攻めてきた一族だ。城の騎士たちが次々と殺されるところに竜が現れ、火を噴いている。

竜が騎馬民族たちから城を護っている。

反対側の壁にある数枚のうち最初の一枚は、城主が竜に娘を与えている図だった。

泣いている娘を腕に抱いて、岩山へ行って結婚する竜伯爵。

そして花嫁の腕の中にはいつしか竜伯爵の赤ん坊が。

最後の一枚は割れてしまったのか、一部分を残して黒いガラスで隠されているのでよくわからない。

聖堂は今は誰も使っていないので蜘蛛の巣だらけの空間になっている。

「この状態だと、竜伯爵の物語の結末がわからないね。修復はしないの？」

「さあ」

「ここにきたことは？」

「昔は使っていた。だが、今……使ってはいない」

「キリスト教徒じゃないの？」

問いかけると、フェレンツはステンドグラスを見あげた。

「キリスト教というものは、文献で読む限り、人間以外の生き物を差別している気がして、あまり好きになれない」

「だから信仰してないんだ」

「きみは？」

「……ん……ぼくも、両親とアフリカで育ったし、キリスト教の神さまって、あんまりよくわからないんだけど、自然信仰みたいな感じで、この世にあるものすべてに感謝したいなあって気持ちはあるけど……キリスト教的なものとは少し違うかな」

「この世にあるものに感謝？」

「そう、空も太陽も大地も植物も生き物すべて」

「では竜伯爵も？」

竜伯爵――――。日向は壁に描かれたステンドグラスの影を見あげた。

泣いている花嫁と竜伯爵の一枚……。

そのステンドグラスが映った壁に手を伸ばすと、日向の手の甲にちょうど竜伯爵の顔の部分の影がかかった。

「竜伯爵も……ただ生きているだけなら、きっとそう考えたと思う」

「違うのか?」

「竜伯爵だけは違う。村人を恐怖に陥れ、無理やりぼくを……」

そこまで呟き、日向はフェレンツの顔に視線をずらした。

「それにあなたのことも縛っているじゃないか。彼が存在していたら誰一人幸せになれない。彼が消えたら、少なくとも、花嫁候補の女性が泣くこともなくなるし、ぼくもあなたも解放される」

日向は彼からされたことや彼へのやりきれない気持ちから。フェレンツは、ここで孤独に生きなければいけない人生から。

「消えれば……か。そうだな、早く消してしまおう」

フェレンツは淡く微笑した。また透明な笑み。この話をすると、いつも何というか切なそうに、それでいて印象的な微笑をするので困る。

「やっぱり反対するの？　本当は倒したくないんじゃないの」

言葉では『倒そう』と言っているのに、なぜかそう口にするとても淋しそうで身を切られるような悲哀が彼から漂っている気がして不安になる。そして心のなかに奇妙な罪悪感が芽生えてくる。

フェレンツに自由になって欲しい、それには竜伯爵を倒すしかない、そう思うのに。

「そうだな、最初は戸惑っていたが、今は違う、竜伯爵は消えるべきだ、と改めて思うようになっているよ」

「消えるべき?」

「そう、昔はたくさん竜の仲間がいたらしい。けれど人間と共存できなくなり、竜伯爵はオルツィ子爵家、きみの先祖と契約したんだったな」

「え、ええ」

「共存のための契約だ。騎馬民族や外敵、自然災害から、竜伯爵は人間たちを守る。その代わり、竜伯爵の繁殖の年、子爵家から花嫁を送るという」

「それが祭の元だと曾祖父も言ってた」

「そして花嫁は竜のもとで一年間過ごし、子を生んだあとは人間社会に戻された」

曾祖父の話と同じだ。この人もかなりくわしいらしい。

「花嫁は……人間の世界に戻ったときは、竜伯爵のところでの記憶をなくしていると聞いたけど」

「ああ、花嫁は竜の世界にいたときのことを忘れて人間のところで暮らしていく。そうでないと暮らしていけないからだ。竜の花嫁になり、卵を孕まされた過去など忘れてしまわないと」

「当然だ、卵だなんて……そんなおぞましいこと」

日向は吐き捨てるように言った。

「これまではそれで成り立ってきた」

「何百年も？」

「ああ、私の母も……あ、いや、何でもない」

「竜の花嫁になるのは……やっぱりどんな人間でも辛いことなんだね」

「そうだよ、忘れないとその後の人生が生きられなくなるほど辛くておぞましいことなんだ」

「じゃあ……人間にとっては本当に不幸なことでしかなかったんだね」

「……え、あ、ああ、そうだな、そういうことになる。とにかく、今となってはたった一頭しか存在しない。そんな竜のため、嫌がる人間を花嫁にするのは間違っていると、きみと暮らしているうちにだんだん気づいてきた。もうあんな生き物は必要ない存在なのだと」

言葉ではそう言っているが、フェレンツはどことなく淋しそうだ。やはり殺生への迷いがあるのではないだろうか。

「フェレンツ……ぼくが無理やりそう思わせているんじゃ」

「違う、本気でそう思うようになった。やっとわかったんだ、竜伯爵と人間との契約が間違っていたことに」

いつになくフェレンツは強い口調で言った。

「だからきみに協力する。怪我が治ったら、一緒に竜を倒そう。その先にあるのは自由だ」

フェレンツは幸せそうに微笑した。

「あ、ああ、自由になれるんだ。あなたは解放されるんだよ。そうしたら……もし迷惑でなかったら、一緒にいてくれる?」

「え……っ」

「フェレンツ……竜伯爵から解放されたあとも……ぼくと一緒に」

「きみは……それを望んでいるの?」

「ダメかな」

「いや、嬉しいよ。きみが私と一緒にいたいと思ってくれていることが。嬉しくて嬉しくて、胸の奥が熱くなってくる」

幸せそうに微笑するフェレンツが嬉しくて、日向は思わず彼の肩に手をかけてそっとそのほおに唇を寄せていった。

「約束だよ」

「え……っ」

フェレンツが驚いたような顔で日向を見つめる。そのまま後ずさりしそうになっている。思い切り引かれていることに気づき、日向はあわてて手を引っこめて彼から離れた。

「ごご……ごめんなさい……こういうの、嫌だった？」

「あ、いや、慣れていなくて。文献で読んで知ってはいたが、実際に……キスなんてされたことなかったから」

「されたことがない？　お父さんからも？」

「多分なかった……。友達同士では、ほおにキスをしたりするのか？」

「友達関係の男同士ではめずらしいんだけど、家族ではよくするから」

「家族？」

「いつのまにかフェレンツといるのが嬉しくて親しみを感じて。でも気持ち悪いならやめる」

「あ、いや、初めてだったので驚いただけだ。気持ち悪いわけないだろう。むしろ嬉しくてドキドキした。触ってくれ、ほら」

フェレンツは日向の手を取って自分の胸に導いた。

トクトク……と、大きく彼の鼓動が脈打っている。普通よりも少し早くて大きい気がした。日向は照れたように微笑し、同じように彼の手を自分の胸に導いた。

「ぼくも……ドキドキしている」

「本当だ、いつもより鼓動が早い。恋愛小説に書いてあった通りだ」

「え……？」

「好きな相手に触れると、鼓動の速度が速くなって、ほおの下が熱くなって、訳もなくふわふわとした浮いたような気持ちになって、それから切ないような気持ちになるのだと」

「好きな相手って……」

鼓動がさっきよりも早くなる。もしかして、フェレンツも同じ気持ちでいてくれているのか？　そんなことって。

「この前、言っただろう？　大事な相手を失いたくない気持ちなら理解できると」

「あ、ああ」

「あれは……きみのことだよ」

「ええっ！」

思わず喉から出た変な声が奇妙なほど聖堂内に反響する。

「……そ……そうなんだ」

「きみがとても大切だ。きみが大好きだ。いつもふたりで書庫で読んでいる物語……リンゴを食べながら一緒に次々と読んでいる恋愛小説のような気持ちで……きみのことが好きだ」

いつもふたりで書庫で……。

そう、このところ、午前中はいつもふたりで書庫にこもって本を読んでいる。

日向は地図や歴史書を読んでいるのに、隣に座ったフェレンツはといえば、世界中の恋愛をテーマにした文学小説を持ってきて、それを読んで、日向にも読めとすすめてくるのだ。

『ロミオとジュリエット』『椿姫（つばきひめ）』『アンナ・カレーニナ』『嵐（あらし）が丘（おか）』等々、最初のうちは手当たり次第に読んでいたが、ハッピーエンドでなければ哀しくなるらしく、このところ、日向に先にラストを確認させてから読むようになっていた。

彼がラストを確認した上で読んだのは『高慢と偏見』と『ジェーン・エア』だが、今度は男の態度が悪すぎて許せない気持ちになったらしい。それで目下、新たな恋愛小説がないか探しているところのようだが。

「私は……多分、『嵐が丘』のヒースクリフや『ノートル・ダム・ド・パリ』のカジモドくらいきみが好きだ。いや、『椿姫』のマルグリットほどかもしれないし、『人魚姫』の人魚姫や『レ・ミゼラブル』のエポニーヌのようにきみのことが好きだ」

その気持ちに目頭がジンと熱くなってくる。

全部、片思いをしたり、愛ゆえに哀しい結末を迎える登場人物ばかり口にしているよ——と言いたかったが、彼が狂おしく自分のことを好きになってくれているのが伝わってきて、泣きたくなるほど嬉しかった。

「ぼくは……すぐに例えられるような登場人物が思いつかないけれど……あなたのその気持ちが嬉しいよ」

「なら……もう一度してくれるか？」

「もう一度……」

「ほおへのキス……。きみが嫌でなかったら」

その懇願するような囁きに、彼への愛しさがさらにこみあげてくる。

なんていじらしい人なのだろう。こんなにもかっこよくて綺麗な人に可愛いと思うのも変かもしれないけれど、その言葉がぴったりのような気がする。

「フェレンツ……大好きだよ」

日向はフィレンツの肩に手をかけて、その両方のほおにキスをした。

ふわっと漂ってくる薔薇の香り。いつもフェレンツからは甘い薔薇の香りがして、やはりその香りだけで胸の奥が甘く疼いてくる。

「今度は私からしていいか?」

恐る恐る、不安そうに問いかけてくる。

「え、あ、はい」

「怖かったり、苦しかったり、悲しんだりしないか?」

「まさか」

「でも、竜伯爵からされたときは……怖かったって」

「だって、交尾じゃないし」

「まあ、そうだけど」

「それにぼくはフェレンツからして欲しいって思っているんだよ」

「本当に?　日向はそうされたら嬉しいのか?」

「うん」

そんなことを言うのは本当はとても恥ずかしい。けれどあまりにも彼のことが愛しくて、自分の羞恥心なんてどうでもよく思えた。彼と触れあいたい、キスしたい、その気持ちのほうが強くて。

「じゃあ、するよ」

フェレンツは満たされたように微笑し、日向のほおにキスをしてきた。温かなキス。そのまま唇を吸ってみたい衝動にかられる。

するとう、同じ気持ちなのか、フェレンツがじっと目を細めて、やるせなさそうに日向を見つめてきた。

「唇にキス……していい？」

日向は問いかけてみた。

「あ、ああ……でも唇は恋人同士がするって」

「……うん、これまで恋人なんていなかったから誰ともしたことない。でもだからこそ、今、フェレンツとしてみたくて」

「私も……誰ともしたことがないよ」

「そうか、ひとりぼっちだったから」

「ああ、だからこれが初恋なんだ。初めての恋の弾むような気持ち。今、日向とそういうことをしてみたい気持ちも初恋のしるしだな」

「じゃあ、して」

「まだ友達なのに？」

「でも……友達以上の気持ちを抱いている……男同士だけど」

「友達以上の感情って……恋のことか？　男同士の恋なら何冊か小説のなかにもあった。別に好きになるのはどちらでもいい」

「ぼくもそう思う。なによりぼくもフェレンツに恋している。あなたの唇に触れたい。肌を重ねたいとかそういうの……」

「交尾ではなく？」

「交尾ではなく、愛しあうという行為として」

「日向は私と愛しあってくれるのか？」

「うん」

「私は……日向を愛しているのだと思う。好きという気持ちが愛と同じならそう思う。文学小説のなかの恋愛のように」

「文学小説はあくまで他人の創作だよ？　そうじゃなくて、フェレンツ自身の感情はどう？」

「どうって……そんなこと」

「……フェレンツはぼくといつも一緒にいたいと思う？」

「もちろんだ」

「ぼくが悲しかったら悲しくて、ぼくが嬉しかったら嬉しい？」

「ああ、当然だ」

「じゃあ、ぼくが誰か別の人と交尾をしているのを見たら？」

その瞬間、それまで彼が手に持っていた薔薇の花が床に落ちていった。

そしてその眸に涙が滲む。

「どうしたの？」

「わからない。日向が他の人間と交尾をしている姿を想像した途端、胸が痛くなって……それで気がついたらこんなふうに」

「他の人間に対してどう思った？」

「消えて欲しいと思った」

「それはフェレンツがぼくに恋愛感情を抱いているからだよ」

「これが愛？　愛というものなのか？」

「多分」

「そうか……これが愛するという気持ちか。とても不安定な気持ちなんだな」

「不安定？」

「胸が熱くなったり、急に締めつけられたり、もやもやしたり……それでいて、なぜかとてもあたたかくて空を飛んでいるときのような気持ちになる」

「空か。そうだね、恋をすると気持ちがふわふわするから」

日向が彼の肩に手をかけて唇を重ねようとしたとき、彼のほうが日向の後頭部を手のひらで抱き、唇を重ねてきた。

「ん……っ」

初めての口と口のくちづけだった。そうすることが当然のように、たがいの口内に入りこみ、舌を絡ませあってくちづけをしていく。

ものすごく心臓がドキドキした。こんなの初めてだった。フェレンツが大好きだ。好きで好きでどうしようもない。

二人にステンドグラスの陽射しが降りかかり、壁に映しこまれた虹色の光の絵に重なるように二人のシルエットが刻まれている。

「ん……ふ……っ」

そうして激しく濃密なキスをしたあと、フェレンツは日向のほおにキスをしてきた。

「日向……日向が好きなことがとても嬉しい」

「フェレンツ……」

「ものすごく胸の奥が熱くなって、愛しいという感情が湧いてくる。こんなにも身体の奥が熱くなるのは初めてだ」

「……それはぼくも同じだよ」

「きみも？」

「そう……身体が熱くなってどうしようもない」

「じゃあ、キスしたい、抱きしめたい、そんな衝動を私に感じてくれているのか？」

「あ……うん。でも、ぼくは……竜伯爵に穢されていて」

「穢されて？　じゃあ、もうそういうふうに抱きしめられるのは嫌だというわけか」

「でも……あ、あの、多分、フェレンツは大丈夫。というか、フェレンツ以外はダメだ」

「私以外ダメなのか？」

「そう、好きな相手以外とはしたくない。だからフェレンツとはしたい」

「では……抱いてもいいか？　交尾ではなく愛しあうという行為を」

「い、いい……いいよ」

「では、きみの足が治ったら……愛を誓っていいか？」

「愛を？」

「そう、恋愛小説のなかでは、本当に大切な相手とは、神の前で愛を誓ったあと、愛しあっている。

だから愛しあう前に愛を誓いあいたい」

一途で真摯なフェレンツの思いが嬉しかった。

「そうだね。足が治ったら」

「日向とは、何でも一緒にやりたい。だから解放されるために一緒に戦う、この竜の呪いのような時間から解き放たれたいんだ。さあ、次は地下の探検に行こうか」

地下に入ると、黴(かび)のにおいが充満した宝物庫があった。

フェレンツの先祖だろうか。肖像画がずらりと並んでいる。

しかしどれも黴のせいでぼろぼろになっていた。

だが長い金髪を結いあげた貴族の美しい女性の絵だけは何とか見ることができた。

うっすらとしたヴェールをかぶっている美貌の女性。

ヴェール越しに見える白皙(はくせき)の相貌には長い睫毛(まつげ)の影が落ち、深紅の唇は濡れたように艶めいている。

かなりの美貌の一族だったようだ。

「これが先代の竜伯爵の花嫁になった女性の肖像だよ」

「これが？」

もしかして曾祖母になるのだろうか。写真と似ている。

「竜伯爵は一年後に解放したが、忘れられなくて、肖像画を作らせたらしい」

忘れられない。でも一年で解放した。

「どうして解放したんだろう、好きだったのに」

「それが彼女のためだと思ったからだ。竜の世界で生きていくのは辛いだろうから。繁殖のため、子供を与えてくれた。そのことに感謝して、竜伯爵は彼女を帰したんだ」

「……それだと、竜伯爵は……」

やはり優しさや思いやりのある生き物ではないか。なにより愛する人の幸せを思って手放すことのできる深い慈しみの気持ちがあるような。

「そんな生き物なのか、本当に竜伯爵が」

「さあ……そう聞いただけだ」

そんな生き物……。そう、本当は心のどこかで気づいている。竜伯爵が怒ったのは、日向への思いやりがあったからだ。

花嫁にはしない。そう言った。だが、怒りの焔によってどうしても身体が制御できなくなったと言って、犯そうとしたのだ。

(でも……彼の子を宿してはいなかった)

少なくともあれから三カ月は過ぎている。けれど日向は卵を孕んでいないし、彼との間に子供はできなかった。

『できない、花嫁には……』

彼はそう言った。今ならわかる。彼は最後までしなかったのだ。おそらく制御したのだろう。果たしてそんな相手を倒していいのか？

「やっぱり倒せない……竜伯爵は……優しい生き物かもしれないのに」

「迷うことはない。もう絶滅寸前の生き物だ。竜の気持ちは考えなくていい。これ以上、人間たちが恐怖に晒されないよう、息の根をとめる方法を考えるんだ。私も解放されたい」

そうだ、このひとを解放する。人間たちから恐怖を取り払う。そしてこのひとを自由にするという課題がある。日向は自分に言い聞かせるように言った。

「そうだね。そうだ、倒さないと。そのために剣を探さないと。あの滝壺に落ちたんだけど」

「滝壺に？　それならこの城にある古い井戸を探すといい」

「え……」

「滝壺に落ちた宝石や鉱物がよく溜まっている。どこかでつながっているのだろう」

「古い井戸？」

「ああ、今日はもう遅い。明日にでも」

「わかった」

「そうだ、衣服はこれからはここのを使ってくれ」

奥の衣装部屋へと案内してくれた。

ずらりと壁にかかった衣装。反対側には、薄いシーツがかけられた陶器でできたトルソーマネキンに古い映画で見たようなドレスや衣類が着せられている。

そこには、中世からこの城の当主や花嫁が着てきた服が何着も置かれていて、比較的新しいものの中に、日向のサイズに合うものもあったので、フェレンツが自由に使うようにとすすめてきた。宝石類、ウィッグや靴、手袋なども添えられているが、まったく手入れされていなかったのか、シルクのシーツに埃が溜まっていた。

「これ、ちょうどサイズが合いそうだから借りようかな。舞台衣装みたいだけど」

一枚、埃のかかっていない衣類を取り出し、日向は自分に合わせてみた。

「それは、私がまだ今よりももう少し若くて、もう少し幼かったときに使用していた服だ」

「そうなんだ、だけどそれにしてはけっこう年季が入っているよ。上質なシルクやリネンだし、なんかオーストリーハンガリー帝国時代の貴族のような格好だ」

「それは父の趣味だ」

「コスプレして、生活していたんだ。面白いね」

日向はクスッと笑った。

「コスプレ？」

「ああ、普通のコスプレとはちょっと違うけど、舞台衣装みたいな服を着て生活していたんだろ」

と言って、日向はハッとした。

「ていうか、今もそうか、そうだな」

「私にはこれが自然だ」

「でも他の人のいる場所に行くと違和感があるだろう？」

「そんな場所に行くこともないし、行く予定もない。だからこのままでいい」

「待って。竜伯爵を倒したあと、解放されて、ぼくと一緒に暮らすんだろう。だったら、ちゃんと現代人としての生き方も学ばないと」

日向が説得するようにいうと、フェレンツはまた透明な笑みを見せた。

「現代人としての生き方?」

「そうだよ」

「きみが教えてくれるのか?」

「ああ」

「なら、竜を倒したあと、教えてくれ。それを楽しみにするから」

そう言って、約束のキスをしてきた。胸が熱くなる。大好きだ、と改めて思う。けれど同時になぜか淋しさを感じた。わけがわからないけれど、無性に胸が痛くなる。そんな淋しさを。

6　竜伯爵の花嫁

外の世界で二人で生きていく――か。

竜伯爵を倒したあと、日向はフェレンツと森の外に出て現代人として一緒に暮らしていこうと考えているらしい。

(愚かな男だな、日向は)

フェレンツが外の世界で暮らしていけると思うのか? フェレンツが本気でそれを望んでいると思っているのか?

フェレンツはただ自由になりたいだけだ。竜伯爵という縛りから解放されたいだけ。

彼が欲しいのは、日向からの愛と自由だけだ。

「日向……彼は外の世界では暮らしていけないいんだよ。それをわかりながら、それでも彼は夢を見たがっているんだ、愛するものとの未来を」

決して叶うことのない思い。決して得られない幻のような未来を――。

†

「日向、こっちだ、井戸はここだ」

フェレンツに案内され、薔薇園の反対側――古城の裏側にある井戸へとむかう。

手入れが行き届いた薔薇園とは対照的に、井戸の周囲は雑草が高く生い茂り、朽ちかけたベンチやブランコが無造作に放置され、廃墟のような雰囲気が漂っていた。

「このあたりも使っていないの？」

城のあちこちに蜘蛛の巣がかかった場所があったが、古めかしい衣服を身につけたフェレンツがそうした空間に佇んでいると、一瞬、時間が止まった世界にまぎれこんだような錯覚に囚われる。

いや、時間が止まったというよりは、最初から時間の流れそのものが存在しないような静まり返った世界に感じられた。

雑草に囲まれた丸い井戸の前に行き、日向はその底に宝剣が落ちていないかのぞいてみた。けれど想像以上に井戸は深く、上からでは確かめることができない。

「——見つかったか？」

「やっぱり底まで下りないとダメそうだね」

黒々とした井戸の底から水の音らしきものが聞こえてくる。水は深いのだろうか。どんなふうに川とつながっているのだろう。

「ロープ……ないかな？」

「その足で下りるのは無理だ。私が下りよう。確か、ロープがその辺りに」

周囲を見まわすフェレンツの腕を日向は止めた。

「いいよ、この井戸、狭いし、ぼくのほうが小柄だから。もう数日したら足もよくなると思うし、それからでも」

「だけど」

「それに、上でロープを持って、なにかあったときには引っ張りあげてもらわないと困るし。フェレンツになにかあっても、ぼくの腕力では持ちあげられないよ」

「それはそうだな。わかった、では今日は諦めて、書庫に行こう」

「書庫に？」

「そう、きみに渡したい本があるんだ。ついてきてくれ」

渡したい本というのは何だろう。フェレンツに促されるまま、裏口から城内に入り、北側の塔の近くにしつらえられた書庫へとむかう。

「入って。明かりをつけよう」

日当たりが悪く、さらに分厚い緋色のカーテンで窓を覆われた書庫は、古い本から新しいものまでみっしりと詰まった図書館のような空間になっている。

古い紙とインクの匂いが漂う場所にくると、子爵家の書庫を思いだしてなつかしくなる。

曾祖父の家にひきとられてすぐのころ、両親のことを思いだして淋しくなると、よく書庫にこもり、自分でも読めそうなものを手当たり次第とりだして時間を忘れて読み漁ったのだ。

世界中の童話、絵本、動植物の図鑑や地図、神話や伝説、戦記物……。そこにいるだけでいろんなものを見ることができて、いろんな世界に意識をめぐらせて、幾つもの人生や恋愛や冒険を自分のことのようにわくわくしながら楽しんで過ごした。

古い本の香りと書庫特有のシンとした空気は、そんななつかしい記憶を呼び覚ましてくれる。

「これだよ、オルツィ家と竜の関わりが記された歴史書だ。これをきみに」

燭台をテーブルに置き、フェレンツは書庫から一冊の本をとりだした。ずっしりとした分厚い本。先祖と竜の関わりの本があったなんて。

「読んでいい？」

「どうぞ」

日向はソファに座り、本を広げた。いつの時代の書物だろう。ずいぶんと古い。黄ばんだ紙を傷めないように気をつけながら、一枚ずつページをめくっていく。

「少し寒いな。ここは本が痛まないよう、低温が保たれるようになっている。暖炉をつけるよ」

暖炉に火をくべたあと、読書の邪魔にならないようにと思ったのか「なにかとってくるよ」と言ってフェレンツが書庫を後にする。

祖父から耳にしたとおりの話がそこに記されていた。

竜の花嫁になった女性をオルツィ家の当主が娶る。その代わり、どんな病にも効く命の花という名の竜の心臓をもらう。その妙薬をオルツィ家は、時の権力者に献上し、莫大の財宝をもらっていた。

子爵家は、そうやって竜からの恩恵を受けていたのか。人間相手でないと子供が作れない竜に花嫁を与えることで、どれほどの財産や恵みを竜から受けとってきたのか。

そうして一時間ほどかけて本を読んでいるうちに、竜のことをもっと知りたくなり、日向はフェレンツがこれをとりだした書棚をさぐってみた。すると重なった本の奥に隠れたように置かれていた表紙に竜の絵が描かれた分厚い一冊の本を見つけた。

埃を払ってなかを見ると、そこには竜がたくさん生きていたころのことが手書きで記されていた。いつの時代のものかわからないが、まだ印刷技術がなかったときのものだろうか。

親が子供に読み聞かせるような感じの、とてもわかりやすい絵本になっていた。ページを何度もめくった痕跡がある。フェレンツの家に伝わる絵本かもしれない。

「……なにを読んでいるんだ？」

林檎を入れたカゴを持ってきたフェレンツがソファの隣に座って本をのぞきこんでくる。

「竜の絵本。この本に竜がどうやって生きてきたかが記されて」

「……ああ、子供むけの童話だ。その本を見つけたのか」

「これを読んでいると、竜がかわいそうに思えてきた」

とても醜くて人間から嫌われていた竜。

どうして竜の心臓は人間にとっての妙薬になるのか。それは神さまが竜を哀れに思い、少しでも人間から必要とされるようにとくれたご褒美だった。

しかし人間は竜を殺して、心臓だけを奪おうとした。

神さまはさらに竜を哀れに思い、この森の自然を彼に与えた。

竜が歌を歌い始めると、森の木々が生き生きと育ち、竜が心を弾ませると森では花がたくさん咲き、果実が実り、虫や動物たちが増えてにぎやかになる。

竜が恋をすると、彼の思いが叶うように、彼が恋しいひとのために欲しいと望んだものがすべて手にはいるようになる。

しかし竜が哀しむと天から涙の雨が降り、竜が怒りを覚えると、雷が鳴り響く。

竜が絶望を感じると、胸の焔が抑えられなくなり、竜自身が劫火(ごうか)となって森が燃え、人間たちのいる場所まで灰にしてしまう。そうして人間にとって、竜は、恵みを与えてくれる神のような存在でもあり、自分たちを滅ぼしてしまうかもしれない恐怖の象徴となった。

人間と結ばれないと、竜には子孫が誕生しないため、神さまは竜をそんな生き物として人間と共存できるようにしてくれた。けれどやはり竜の外見は人間に嫌われてしまうため、結婚のとき、花嫁から嫌われないよう、目隠しをして、神さまの前で愛を誓うことしかできなかった。

『いいか、息子よ。人前では、絶対に真実の姿を晒してはならないぞ。たとえそれが花嫁になる相手であっても』

それが竜の父親から子供に受け継がれてきた言葉。

そんなことがその絵本に記されていた。読んでいるうちに涙がにじんできた。

洞窟にいたとき、ずっと降っていた雨。彼から逃げようとしたとき、激しく雷が轟き、滝のような雨が降っていた。あれは彼の心だったのか――――？

「どうしたんだ、また怪我が痛むのか」

「いえ……怪我はもう。ただ……竜がかわいそうで……愛されたいのに愛されなくて。本当は一生懸命な生き物なのに……ぼくは……もっと彼にできたことがあったんじゃないかと思って」

あの岩山にいた時間。本を読んでいると日向には見えなかった竜の心のなかが見えてきて、胸が痛くなって涙があふれてくるのだ。

「きみが彼にできたこと？　一体、なにができたというんだ」

なにが――？　ハンスの件があるまではおだやかに接していた。目には目を……という彼のなかの常識から竜伯爵はハンスの死を望んだ。一方、日向は日向の世界の常識で彼を批難した。

「なにができたかなんてわからない……わからないけど……もっと理解しようとすればよかったんじゃないかと思えてきて」

一瞬、やるせなさそうに眸を揺らしたあと、フェレンツは苦い笑みを唇から漏らした。

「きみは……いいやつだな。あんな醜く恐ろしい生き物のことを思いやったりして」

「竜伯爵の姿は関係ない。ぼくは彼を醜いとは思わないし、彼がしたことが許せないだけであって、それは関係ない。ただ……本当に彼を倒していいのかわからなくて」

虚ろな眼差しを本にむけた日向から、フェレンツはさっとその本を奪った。

「本のなかでは美化されている。本物は獰猛な害獣だ。同情などせず倒せばいい」

いつになく冷たい彼の口調に日向はハッとした。そうだ、このひとは竜伯爵のせいでここで孤独な生活を強いられているのだった。

「そうだね……そうなんだよね……わかった、そうすることがきっと一番いいんだよね……」

ここにきてからずっと天気がいい。心地よくうららかな日が続いている。竜伯爵の心が森の天気に反映するのなら、今はご機嫌だというわけか。

「この本は必要ないな。どうせ竜伯爵は絶滅するのだから」

フェレンツは竜伝説の本を無造作に暖炉に投げた。

「あっ、待って、その本はっ！」

「必要ない。どのみち外の世界に出たらここの本は必要なくなるのだから」

ばっさりと切り捨てるように言うと、別の本をとりだして日向に差しだした。

「日向、竜伯爵を倒したあと、ここにはもう戻る気はない。その前にきみに渡しておきたい本を用意した。さっきの本と一緒にこの本も持っていくといい」

「あ……これ……」

その本を見て、日向は大きく目をひらいた。

かつて母の書棚にあった薬草図鑑だった。レモングラス、ラヴェンダーの葉、ドクダミ等々、ぱらぱらと本をめくると目にしたことがある写真が出てきて、なつかしくなって涙がこみあげてくる。

「すごい、これ、読みたかったんだ、ありがとう。いつかブダペストの大学に入って、かあさんみたいに薬草の勉強をしたいと思ってたから」

「よかった、喜んでくれるのか？」

隣に座り、フェレンツが笑顔で問いかけてくる。

「え、ええ、もちろん。とっても嬉しい」

「そうだ、ここを見てくれ、ほら、きみのお母さんのサインがある」

フェレンツが本のページをめくり、最後のところに記されているサインを指さす。

「ええっ」

ケニアでみんなで住んでいた家にあったが、事故のあと、いつの間にかどこに行ったのかわからなくなったものだった。後ろのページを見れば、母の名前が記されている。

「え……あの……どうして……どうして母さんの本がここにあるの？」

「ここには何でもあると言っただろう」

にこやかな笑顔をむけるフェレンツを、日向は不可解な眼差しで見あげた。

「だけど……えっ……ちょっと待って……あなたは魔法使いなの？」

「違うよ、変なことを訊かないでくれ」

「じゃあ、どうしてケニアで消えた本がいきなりここに……」

「きみの家族のものをたまたま見かけたから手に入れてたんだ。嬉しくないのか？」

「それは……もちろん嬉しいけど。ありがとう……あの……でも」

だけどどうやってこれを手に入れて、どうやって運んだのか。外部と連絡がとれないのではないか。

それなのに……どうして日向が喜ぶものを手に入れたのか。しかもわざわざこんなものを。

「きみが嬉しいならよかったよ。あとどんな本がきみに必要かな。ここにはもう帰らないから」

「待って……あの、本当にここに戻ってこなくてもいいの？」

本の入手方法についてくわしく訊きたかったが、それと同時にここにある蔵書を彼がそのままにしておこうとしていることに驚いていた。

「もういい。ここから解放されるんだ、自由になりたいから」

「でもこの本、もったいないよ。運んだほうが」

「いいんじゃないか、ここに置いておいて。もうすべて読んだものばかりだ」

「じゃあ、先祖の影像や絵画や甲冑、それに衣類は？」

「あれもここに置いておく。現代社会には不必要だと言ったじゃないか」

「だけど……あっ、じゃあ、ガゼボにあるピアノや、広大な薔薇園は？」

「ピアノはもう壊れかかっている。寿命だ。薔薇園もそのままでいい。いずれ薔薇があふれるように育って、この古城全体を荊(いばら)のなかに閉じこめるだろう。荊姫の物語のように」

「そんなの……せっかくあなたがずっと育ててきたものなのに」

「いいんだ、ここは封印するんだ。竜伯爵を倒したら、もう二度とここには戻ってこない。別になにかに執着があるわけではない。外の世界には、なにも持って行きたくないんだ。すべてを捨てて自由になるんだよ、私は」


　フェレンツはそう言って幸せそうに微笑した。そのほほえみがあまりにも清らかで、それにとても美しかったので、圧倒されたように日向はもうなにも言えなかった。母の本をどうやって手に入れたのか、本当にここを捨ててもいいのか、それでフェレンツは幸せなのか……ということのすべてを。

　一緒に外の世界に出て幸せになる。フェレンツは自由になる。一生、愛しあって暮らしていく。それでいいはずなのに、どうにも気持ちが晴れないのはどうしてだろう。

なにか彼に無理をさせている気がする。そんな不安が拭い去れないまま、深夜、なかなか眠れず、日向は外に出て彼の薔薇園を歩いてまわった。

嗅いだだけで幸せな気持ちになる甘い香り。彼が愛情いっぱいに丹精をこめて作ったのがわかる。

「フェレンツ……」

薔薇園の奥――蔓薔薇のアーチのむこうに人影を見つけ、日向は薔薇の生垣の間でハッとして足を止めた。

青白い月の光を浴び、ガゼボに現れたフェレンツの姿は息を呑むほど美しかった。

風に揺れるなめらかなプラチナブランドの髪、宝石のように美しい双眸、神々しいほど玲瓏とした風貌、すらりとした長身と、纏った古めかしい装束。

無表情でピアノの前に立ち、フェレンツがピアノの蓋に手を伸ばす。演奏するらしい。彼は夜の森の空気を吸いこむように息をすると、白いピアノの前に座った。

（……っ）

透明感のある美しいピアノの音色。その旋律が薔薇の間を縫うようにして薔薇園の奥に静かに流れこみ、月の光を浴びた夜の森へと溶けこんでいく。

そのとき、日向は気づいた。ふわっと薔薇の香りが濃密になり、それまで蕾だった花がゆっくりと静かに花ひらいていくではないか。

彼が奏でる美しい響きに誘われるように、一輪、二輪……と花が咲き、そこからさらに甘美で心地よい香りがあふれだしてくる。

月明かりの下のその幻想的な光景に、息を呑み、日向はあたりを見まわした。

音楽が高まれば高まるほど、薔薇が生き生きとみずみずしく花をひらかせていく。それだけではない、森の木々もさわさわと葉をかき鳴らしたかと思うと、リンゴの実が大きくなったり、さくらんぼや葡萄がたわわに実ったりしたかと思うと、鳥たちの囀りや虫の声まで聞こえ始めた。

先日もそうだった。花の香りが強くなり、森もみずみずしく息づいていた。

彼のピアノは、生命を花ひらかせる力があるのか？

幸せな気持ちになり、心と身体が元気になっていく。

そのとき、ふっと神殿のような建物の向こうに、竜の姿が見える気がした。

「え……っ」

サーっと竜が彼の頭上を飛んでいるような、影が地面に広がっている気がして、息を殺して上空を見上げる。

しかし竜の姿はなかった。今のは何だったのだろう。今、竜伯爵がそこにいた気がしたけれど。それともあまりにピアノの音が綺麗なので、竜伯爵もここに聴きにきていたのだろうか。

「どうした、聴いていたのか」

ピアノを弾き終え、フェレンツはふりむいて背後にいた日向に声をかけた。気づいていたらしい。

「あ、うん……すごく綺麗な音楽だと思って聞き入ってた……ピアノの音が聞こえると薔薇や森の木々も生き生きとして、小鳥や虫たちまでもが集まってきて」

「ああ、このピアノの音色は命を育む音だから……」

「そうなんだ。命を……」

ああ、そうか。フェレンツが演奏する美しいピアノの音がここにあるすべての命を美しくしているのだ。ふとこの人を人間の社会に連れていっていいのだろうかという疑問が胸に湧く。

「この音が響くと、森が豊かになるんだ。山から雪解け水が心地よく流れ、果実は実り、動物たちも健康で楽しく暮らせる。先日、山が崩れたのは、私がうっかり怪我をしたからで」

「あなたは……森とつながっているの？」

「……」

日向の問いにフェレンツは答えなかった。その代わりに、なぜかふいに黒い雲が月を隠し、ポツポツと雨が降り始めた。

「日向、嵐になるかもしれない。先に城に戻って。私はピアノにシートをかけてから行く」

「あ、うん」

ザーッと激しい音を立てて雨が降ってくる。日向は城まで走って戻った。城の戸口でふりむくと、ピアノにシートをかぶせているフェレンツの姿がぼんやりと見えた。夜目でも、城の白い壁の石に発光作用があるのか、あたりが不思議なほどよく見える。光る苔以外に竜伯爵の洞窟もそんな岩石があったが、このあたりの石がそういうものなのかもしれない。

そんなふうに思いながら、日向は城にあった傘をつかんでピアノのあるガゼボにむかった。細い糸のような雨になり、視界が悪くなってきたが、薔薇園の小道を抜ければそこに着く。

フェレンツは、このままここにいるべきではないのか。聖なる森の番人として。だがこのひとは自由になりたがっている。森の番人としての役目から解放されたいのだろう。それならば彼がここを去っていくのを止めるのは酷だ。これまでずっとひとりぼっちでここで暮らしていたフェレンツ。この先、彼が自由を得て、外の世界にでたあとは、少しでも彼が暮らしやすいよう自分が守って行こう。

「……フェレンツ、傘を」

ガゼボの前まできた日向は、フェレンツを見てハッとした。彼の前に二羽の大鷲がいたからだ。見覚えのある大鷲たち。彼らからフェレンツが短剣を受けとっている。大鷲たちはそれを渡すと、雨のなかを飛び去っていった。

「どうして……っ」

日向は手から傘を落とした。ふりむき、フェレンツは日向を見て気まずそうな顔をした。

「フェレンツ……今の……ハンスを連れていった大鷲だよ、どうしてここに」

フェレンツが大鷲から渡された短剣を落とす。床に落ちたのは宝剣だった。日向が滝壺でなくした剣だった。

「何でこれを彼らが。竜伯爵は、大鷲たちが自分のしもべだって言っていた。その大鷹がどうして……あなたに届けものを？」

フェレンツは無言で視線をずらした。雨はさらに強くなり、遠くで雷が鳴っている。

「あなたも竜伯爵の仲間なの？　大鷲とあなたの関係は？」

宝剣を拾うと、フェレンツは日向の前に差しだした。受けとっていいのかわからず呆然とした眼差しで彼を見つめる日向を、フェレンツは雨に濡れながらやるせなさそうに見つめ返した。

「信頼してこれを受けとって欲しい」

信頼して？　彼のことを信頼したい。けれどここにきてから目の前で起きている数々の不思議を思うと、だんだんフェレンツがわからなくて、信頼していいのかどうかわからなくなってくる。

今、さっき見たあの薔薇の花や森の木々たちの、彼のピアノへの反応。それに母の本。どうしてここにあれがあるのか。いや、それだけではない、考えれば、次々と出てくる食事やスイーツの数々も、なぜあれだけの食材がここにあるのか不思議以外のなにものでもない。

日向の怪我にしてもそうだ。どうして彼が縫合手術ができたのか。そもそも最初に川で発見したと言っていたが、この城の周りに川などない。

「一体……あなたは……何者なの？」

震える声で問いかける日向の顔を雷光が明るく照らす。一瞬、彼の背後に竜伯爵が見えた。ほんの刹那のことだったが、さっき夜の空に見かけたように感じたときと同じように。

「……っ！」

とっさに日向はフェレンツに背を向け、城と反対方向に向かって走り始めていた。

「待ってくれ、日向っ！」

背中から聞こえてくる彼の言葉を無視し、薔薇園のむこうに広がっている夜の森のなかに分け入っていく。大雨が叩きつけるように頭上から降ってくる。

彼は何者なのか。少なくとも日向と同じではない。人間ではないのか。彼はこの森にいる魔物なのか。竜伯爵の眷属なんだろうか。

日向は混乱していた。足はまだ完全とはいえないが、走れないわけではない。かなり回復していたが、それでもさすがに痛みが走り、日向は森に入ったところで足を止めた。それでも何とか進もうとしたが、そこから先には道らしい道がなかった。

雨は小降りになったものの、霧が出てきて、視界も悪くなってきた。

ブナを中心とした原生林が欝蒼と生えている深い森。ほーっとフクロウの低い声が響きわたり、夜行性の獣が蠢いているのがわかった。

風が吹くと、木々の葉や幹に溜まった雨水がぼとぼとと音を立てて落ちてくる。ブナの他には、楓やナラ、菩提樹、白樺、それにリンゴや洋梨、大ぶどうの木々が密林のように生えた自然だけの世界が広がっていた。

出口がない。まるで要塞のように原始の姿をとどめたような森が城を囲んでいる。

どうなっているんだ、ここは――。

呆然とたたずんでいたそのとき、すぐ近くで獣のうなり声が聞こえた。ううううっという獰猛そうなその声にハッとすると、木々の間に幾つもの、金色に光る眼があった。

「……っ！」

心臓が凍りつきそうになる。濡れた土と繁茂した雑草を踏みしめ、音も立てずに近づいてきたのは、巨大な灰色狼だった。大きな群れに日向はとり囲まれていた。

あきらかに敵意を示している。獲物と勘違いされているのかわからないが、確実に十数頭はいる。最初にフェレンツが言っていた。この森には狼や熊がいて危険だと。

息を殺し、あとずさろうとしても、前からも後ろからも狼たちがにじりよってくる。もうダメだ、襲われるっ、そう思ったときだった。

「やめろっ！」

白い馬に乗ったフェレンツが現れる。彼の一声に反応し、狼が尻尾をおろし、そのまま森の奥へと消えていく。いつのまにか雨も止んでいた。

「大丈夫か、このあたりは狼や熊もいて危険だ。道もない。城にもどろう」

馬から降りてフェレンツが手を伸ばす。さあ、乗ってと言われているのはわかった。

「あなたは……何者なの？」

「この森は私の支配下にある。言っただろう、私はこの森の番人として生きてきたと」

「……人間じゃないの？」

日向の問いかけにフェレンツは視線をずらした。

「……違うように見えるのか？」

「わからない……あなたの見た目は人間だけど……」

「人間でありたい……だから助けてくれ」

フェレンツの言葉に日向は目を見ひらいた。

「人間でありたいって」

「私がきみと違うところがあるとすれば、それは竜伯爵に人生を縛られているからだ。私もわかっている。文献でしか読んだことはないが、自分が本物の人間とは違うことを。自由になりたいんだ、人間でありたい、そのために愛が欲しいんだ」

竜伯爵に人生を縛られている。だから人間とは少し違うのか？

「だから一緒にこれで竜伯爵を倒そう。そうすれば、きみの私への疑問もなくなるはずだ」

日向に彼が宝剣を渡す。これは竜伯爵を倒せる唯一の剣。これがあれば彼の息の根を止められる。

「なぜ、これを大鷲たちが？　これは竜伯爵を倒せるものなのに……」

「彼らはなにも知らずに持ってきたんだよ。私が欲しいと思ったものをとってきてくれる」

なにも知らずに……。

「彼らは竜伯爵のしもべであると同時に……竜伯爵に縛られ、森の番人として生きる私の使用人として望んだものは何でも持ってきてくれるんだ。きみのお母さんの本も食材も。私はここから出られない代わりに、何でも手に入れることはできたんだ」

そうだったのか。この地に縛られている代償に、彼はそうしたものを手に入れて……。

「だが手に入るものは、命のないもの、ただ形のある物体だけ。そこには、友も家族も恋人もない。もちろん……愛もない」

「――っ」

彼の言葉に涙がこみあげてきた。そうだ、彼が孤独のなかでどれほどの思いで日向に優しくしてくれたのか。日向は宝剣に手を伸ばした。

「ごめん……ごめん……混乱して。あ……これ、ありがとう」

「これで倒してくれるな？」

「うん」

彼のために竜伯爵を倒そう。それができるのは、この宝剣を手にできるもの――つまり自分自身しかいないのだから。このひとを解放し、人間の世界で生きられるようにするためにも。

「では次の満月の夜、彼を倒そう。必要なお膳立ては私が行う。安心して倒せるようにする」

伸ばされたフェレンツの手をつかみ、日向は馬に乗った。背後から日向を抱くようにしてフェレンツが馬にまたがったとき、思わずクシュンとくしゃみをしてしまった。鼻を啜る日向を見て、フェレンツが心配そうに後ろから顔をのぞきこんでくる。

「冷えたのか。急いで城に戻ろう」

馬を飛ばし、薔薇園を抜けて彼が城へと戻っていく。いつのまにか雨はすっかりとやみ、空には月が現れ、あたりを明るく照らしていた。濡れた薔薇や緑が神々しいほどまばゆく煌めいていて、ふりむくと青白い光がフェレンツが淡く微笑するのを浮かびあがらせていた。

人間でありたい、愛もないと言ったときのこのひとの切なそうな表情。思い出すと胸が痛くなる。どうして一瞬でも背をむけたりしたのだろう。そんな自分が情けない。魔性の生き物でも、人間でなかったとしても、このひとの優しさや気高さが変わるわけではないのに。

「さあ、あたたまって」

火のついた薪（まき）を暖炉にくべ、寝室の横にある浴室に日向を連れていった。あたたかい湯を浴槽（よくそう）にためて、日向が身体を洗っているうちに、彼もどこかで湯浴みをしてもどってきた。

「どうだ、あたたまったか？　熱はあるか？」

ベッドの前で着替えていると、フェレンツは背に腕をまわしてきて、そっと静かに、思いもよらないほどの優しさで日向を抱き、ひたいに熱があるかどうかをはかってきた。

以前に口づけをしたときのことを思い出し、日向は息をふるわせた。こうしているだけでも心臓がドクドクと音を立てて鳴り響く。

「……素敵だな、人の体温というものは」

ぴったりとひたいの皮膚を包みこむようなあたたかな手のひら。そのままその手で抱かれたい衝動が湧いてくる。日向は少し身体を震わせながらその背に腕をまわした。

「どうした、震えている、寒いのか？」

息を詰める日向のほおをフェレンツの手のひらがそっと包みこみ、すっぽりと胸に抱きこもうとする。あたたかな胸のぬくもり。魔性でもいい、このひとが好きだ。そんな思いが胸に広がっていく。

「ものすごく震えている。具合が悪いのか？」

「大丈夫だよ、そんなに心配しないで。あの……そうじゃなくて」

「そうじゃなくて？」

「あ……あの宝剣……見つけてくれて……ありがとう、曾祖父の形見だし、とても嬉しいよ」

そんなことが言いたいのではない。そうではなくて、このひとに伝えたいのは……。

「喜んでくれて嬉しいよ」

幸せそうに微笑する。日向はじっとその目を見つめかえして、祈るように呟いた。

「フェレンツ……抱いてくれる……？」

「え……」

「……っ……愛しあいたくて……あなたと……。ううん、愛したい、あなたを」

恥ずかしい気持ちもあった。自分からこんなことを言うなんて。けれどそれよりも、このひとに愛を受けとって欲しかった。愛もないなんて、そんな淋しいことを言わないで欲しかった。人間でありたいなんて、そんな哀しいことを言わないで欲しかった。ここに愛があるから。世界中で一番このひとのことを狂おしく思っている人間の愛がここにあるから。

「愛したいって……日向……」

「あなたのものにして。あなたに愛をうけとって欲しい……一分でも一秒でも早く……」

震える声での懇願に、フェレンツが浅く息を吸う。

「……っ……きみを……愛していいのか？」

日向はこくりとうなずいた。胸の奥で鼓動がドクドクと大きく脈打ち、甘さのこもった熱が血管を駆け抜けるような感覚に包まれていく。今、どうしようもないほど彼と魂の底から結ばれたかった。

「ごめんね……疑って。ごめんね、森に逃げて。……あなたがなにものでもいい。ただ……ぼくは……どうしようもないほどあなたが好きで、あなたと心も魂も身体もつなぎたくて……」

彼を見あげ、涙まじりに言う日向を、フェレンツは切なげに見つめた。

「……愛していいんだな？」

もう一度問いかけられ、うなずくと、そっと優しい仕草で日向の顎をつかみ、フェレンツが啄むようにキスしてくる。唇と唇とが触れあうとまなじりから涙が流れ落ちた。

「ん……っ……っ」

しっとりと包みこむように唇をふさがれ、絡ませあい、深く濃く互いの呼吸を奪いあうようにしてくちづけていく。甘い薔薇の香りが胸を疼かせ、ドクドク……と、日向の鼓動はさっきよりも激しく脈打っている。

「……っ」

彼の片方の手が胸のあたりを撫でながら、もう片方の手が寝間着をたくし上げて内腿に忍びこんでくる。身体は緊張に震え、ほおは上気していたが、恐れはなかった。

竜伯爵のときとは違う。これは純粋に愛しあう行為なのだと思うと、恐ろしさよりも愛しさがこみあげ、何の媚薬もないのに彼の手に触れられているだけで身体の奥が熱っぽくなってくる。いつのまにか日向の乳首はぷっくりと膨らみ、下肢もうっすらと濡れていた。

「ここ……気持ちいいのか？」

日向の反応に気づき、フェレンツが問いかけてくる。ひんやりとした手に性器を包みこまれ、とろりとした先走りの汁が彼の指先を濡らす。

「……あ……や……それは……っ」

恥ずかしい。ほおがさらに熱くなったが、「嬉しい、きみが気持ちいいと私も気持ちよくなる」と耳元で囁く彼の言葉に、少しだけ緊張がほぐれる気がした。

「大丈夫、優しくするから」

ゆっくりと日向をベッドに横たわらせ、フェレンツが耳のあたりにキスする。耳殻、耳朶……と、そっと触れてくるフェレンツのくちづけがとても優しく、日向の身体を甘美な夢心地へといざなう。

「ああ……ん……ふ……ん」

いつしかフェレンツの手を日向の性器がぐしょぐしょに濡らしている。大きな手のひらのなかですっかりと大きく育ったそれの先端を彼の指が撫でるだけで下腹のあたりに熱っぽい疼きがじわじわと広がっていく。

「……あっ……ああ……っ」

喉から喘ぐような声が出てしまう。竜伯爵の蜜液とは違う。大好きなフェレンツの手だと思うと、自分のすべてをまかせて、もっともっとたくさん感じさせて欲しい気持ちになってしまう。

やがて、日向の性器が形を変えたのを確認すると、フェレンツはそこに顔を埋めてきた。

あたたかな、けれど竜とは違う人間の舌先が日向のそれを甘く弄んでいく。

何という心地よさだろう。彼の口に含まれたり、舌で先端をつつかれたり、歯で甘嚙みされたりすると抑制が利かなくなり、一気にのぼりつめてしまいそうになる。

潤んだ雫をはしたなく滴らせる亀頭の先端に、フェレンツがじわじわと舌先を絡めるだけで、日向はどうしようもないほど感じてしまう。一気に高まっていく射精感。脳まで沸騰したように熱くなり、日向はシーツに爪を立てて大きく身をのけ反らせ、声をあげた。

「ああ……っああ……っ！」

恥ずかしくなるほどあっけない射精だった。うっかりフェレンツの口内に吐きだしていた。とんでもなく失礼なことをした気がして、はあはあと息を喘がせながら日向は思わず謝っていた。

「ごめ……どうしよ……あっ、だめ……そんなの……飲んだら」

「日向が欲しいからもらった。次はここで私を受けいれてくれ」

彼がそう言って日向の足を大きくひらいた。えっと驚く間もなく、次の瞬間、身体に感じた刺激に日向はさらに大きく身をのけぞらせ、うわずった声をあげた。

「ああっ、ああっ、や……な……っ」

フェレンツの舌先が日向の後ろの窄まりを音を立てて舐めている。内側の粘膜にフェレンツの舌が挿りこんで蠢く妖しい感覚に驚き、心臓が荒々しく脈うつ。それなのに肉の内部をぐいっと舌で広げられる生々しさに、むず痒さと痺れるような悦楽が広がり、たまらなくなって日向は身をジタバタとさせた。

「待って、だめ……舌入れないで……やあっ」

「すまない。止められない。好きだ、なにもかも愛しくてしょうがない…、日向が好きだ」

弾力のある舌先が体内を蹂躙していく。これまで味わったことのないなやましくも甘美な感覚に、日向は喉から甘ったるい声を出してしまう。

「ああっ、はあ……そんなとこ、ああ……恥ずかし……やめっ……フェレ……あ……はあっ」

やがて舌を引き抜き、フェレンツが身体を起こして日向の膝を抱えた。

足を広げられ、日向ははっと目を見ひらいた。

「いいな？」

すがるような問いに鼓動が高まり、日向は息を呑んだ。

窄まりに触れる彼の性器が硬く猛っているそれだけでどうしようもなく幸せな気持ちになり、日向はその背に腕をまわした。

それが合図のようにゆっくりとそこをこじ開けながら体内にフェレンツが挿ってくる。痛くて苦しかった。こらえようとして唇を嚙み締めるが、熱っぽい吐息が喉からあふれてしまう。

「あっ……んんっ……ふ……っ」

ドクドクと脈打ちながら、彼のものが日向の内側を埋め尽くしていく。肉襞を割って侵入してきた肉塊の圧迫感に内臓が壊れそうな気がした。

「……っく……うう……ああっ」

日向の細い腰を抱いたまま、ぐいっとフェレンツが奥を抉ってくる。はっきりと敏感な粘膜に感じる彼の熱と振動。彼が体内にいる。自分のなかで脈うっている。

ああ、今、心をつなげて、肉体をつないで、愛を共有しているのだと思うと、幸せで胸がいっぱいになっていく。彼が好きだ。魔物でも人間でなくても。なにもひどいことをされていないし、むしろあふれるような愛で満たしてくれている。このまま彼が魂を食べてしまったとしても、それならそれでいい。だからもっともっと深いところまで満たして欲しかった。

「ああ……は……あ……あああ……ああああっ」

押し広げられ、圧迫されているその一体感がたまらなく心地いい。

大好きな相手と愛しあっている喜び。日向の身体はフェレンツと溶けあっていくように恍惚の渦に引きこまれていった。


そうして我を忘れたようになってどのくらい身体をつないでいたのか。互いに何度も絶頂を迎え、それでも離れがたくて身体をつないだまま、抱きあっていた。

いつのまにか日向は衣服を身につけていなかったが、フェレンツは殆ど乱れてはいなくて、シャツをつけたままだった。

そのことに意識のどこかで気づきながらも、倦怠感にまどろんでいるせいかあまり気にならなかった。蕩けるような眼差しで日向はフェレンツのほおに手を伸ばした。

「どうした?」

同じように日向のほおを手のひらで包み、フェレンツが問いかけてくる。

「あ……うん……どう……だった?」

こんなことを尋ねるのも恥ずかしかったが、見つめあっているのも照れくさくて口にしていた。

「……すごくよかった……きみは?」

「ぼくも……すごく」

「こんなふうに抱かれても嫌じゃない?」

「大丈夫、永遠にこのままでいたい……くらいに……」

「よかった」

やわらかくほほえむ彼からはまた甘い薔薇の香りがしてくる。そんな彼の横顔を窓からの明るい月の光が照らす。ただそれだけで胸がいっぱいになり、彼が体内から出ていくのが哀しくなってその背にしがみついている手をほどけなかった。あまりにも愛しくて。あまりにも幸せで。

彼が何者でもかまわない。彼がどんな生き物でも。

7　竜伯爵の真実

さわやかな風が吹き抜けていくなか、フェレンツがピアノを演奏している。

夜になると、毎日のようにフェレンツと愛しあい、午前中の涼しい間に薔薇園の手入れをし、彼のピアノを聴いて過ごす。昼前にキッチンに行き、一緒に食事を作ってゆっくりと時間をかけてご飯を食べたあと、書庫にこもっていろんな本を読む。そしてまた夜、ふたりでベッドを共にする。

毎日が楽しくて、あっという間に過ぎていく。あまりに時間が経つのが早くて淋しくなってくるほどだ。けれどその淋しさは幸せな淋しさだった。

しかしそんな生活のなかでただひとつ、疑問を感じることがあった。

彼は決して日向の前で衣類を脱ごうとしない。それにいつまでたっても手首に包帯を巻いたままだった。不安になり、傷を見ようとするのだが、彼は絶対に見せてくれない。

「どうして裸にならないの？」

「美しくないんだ、あちこち傷があって」

「傷って」

「竜を倒すときに伝えるよ」

「じゃあ、せめてその腕の傷だけでも治るようにしようよ」

「これは治らないんだ。あいにくここにはこの傷を治す薬がない」

「心配だから、外の世界に出たらちゃんと病院に行こう」

そんなふうに過ごしているうちに、いよいよ明日満月になるという日がやってきた。

その日はクリスマスでもないのに、彼が栗のビュッシュ・ド・ノエルを作りたいと言うので、フェレンツがピアノを演奏している間に、日向は栗の皮を剝くことにした。

ガゼボで彼が白いピアノにむかう。そこから流れでる美しい旋律に耳をかたむけながら、日向は一つずつ栗の皮を剝いた。大鷲たちがどこからともなく調達してきてくれるので、季節に関係なく、いろんな食材を手に入れることができるのが嬉しかった。

何で、今ごろ、ビュッシュ・ド・ノエルが食べたいのだろうと思いながら柱にもたれかかって、彼のピアノに心を弾ませ、薔薇が美しく咲き競う姿をじっと見つめる。

なんて幸せなのだろう。永遠にここでこうして暮らしていくのもいいかもしれない。

そんなふうに思うようになった。愛しあって、二人だけで、ここで薔薇を育てて、ずっと一緒に。

「それにしても、どうして、こんな季節にビュッシュ・ド・ノエルを？」

厨房でスポンジを用意していると、ガゼボから戻った彼が栗のクリームを作りながら愛しそうに窓の外に向ける。

「この城や薔薇たちに供えたくて」

「供える？」

「明日、いよいよ満月だ。今夜でここをあとにする。だから最後に魔除けのケーキを作って、みんなに感謝の気持ちを伝えたかったんだ。魔除けの丸太の代わりに」

魔除けの丸太……。

そうだ、ビュッシュ・ド・ノエルの起源は、クリスマスの時期に魔除けの薪を燃やすヨーロッパ各地の風習として有名だ。

薪を燃やす焔のなかに神秘的な力が宿っていると信じられていたのだが、その奥には、農作物の無事や繁栄、さらには人々の幸福、太陽の光やあたたかさへの渇望がこめられている。なぜ、魔除けになったかというと、クリスマスのその時期が一年で最も光の少ない冬至の、長く暗い夜を恐れたからだとも言われている。それは暗い闇のなかに未知なるもの、得体の知れないものが存在していると信じられていたから。

「そうか……お別れに魔除けのケーキを作るのか」

フェレンツらしい。そう思った。彼は愛はなかったと言っていたが、実は薔薇園やこの城や森など、すべての存在と魂の底から愛しあっている気がする。むしろ、ずっとあとからやってきた自分が邪魔ものではないかと思うほど。

「ぼくもありがとうをこめて、ケーキを作るね。薔薇園やこの城や森に。これまでフェレンツを愛してくれてありがとうという気持ちをこめて」

いつまでもここが守られていますように。フェレンツがいなくなっても、いつまでも薔薇の花が咲き誇り、森の木々がみずみずしく輝いていますように。彼の愛したものがずっとそのままの形をとどめてくれますように。

そんな祈りをこめて魔除けのケーキを作っていく。

はちみつとバターをたっぷりと含んだスポンジの間に生クリームと栗のクリームを挟み、そこに小さく刻んだ栗と蒸留酒に漬けておいたサクランボを添えて、くるくるとスポンジを巻いて丸太の形にしていく。

栗とチョコレートとカスタードとバニラのクリームをそれぞれ木肌模様になるように塗って、スライスしたアーモンドを乗せ、そこに生クリームで雪のような形を作って粉砂糖をふりかける。一口食べただけで、ふわっと口内で溶けあうケーキに、天国にいるような心地よい気分になる。

フェレンツが薔薇園に供えに行っている間に、大鷲たちにも少しだけあげようと皿に載せて日向は窓辺に置いた。ちょうど天空を舞う彼らの姿が見えたからだ。

すると遠くからやってきた大鷲たちがケーキをくちばしで挟んで再び飛びあがっていく。その礼だろうか、少ししたら大鷲が戻ってきて、日向に紙片を渡した。

何だろう、この紙片……。見れば、新聞の日付の部分だけをちぎったような、数センチほどの紙片だった。一週間ほど前の新聞の一部分だということしかわからないが、何だろう。

巣作りというわけでもないだろうし。変だなと思いながらも、その日は城を最後にする準備であわただしく、その意味を深く考えることはできなかった。

「日向、竜の山に到着したら、私がすぐに竜伯爵をおびきよせる。きみはあの短剣で彼のうなじを突き刺すんだぞ」

「おびきよせるって」

「私がいくと、しばらくしたら彼が出てくる。だからそのときを狙うんだ。それまでの間、日向は花嫁の祠で待機していてくれ」

「行ったことがあるの？」

「ああ。とにかく私に任せてくれ」

「あ、うん」

「では行こうか」

翌朝、フェレンツとともに馬にまたがって竜伯爵のいる岩山へと向かうことになった。

二人とも騎馬民族時代のような格好をしているのは、この城のなかにあった装束のなかで一番馬に乗るのに適している気がしたからだった。それに武器も持ちやすい。

外に出ると、一斉に薔薇が花を咲かせていた。昨日はたくさん蕾も残っていたのに、一個もなくなって、すべてが大輪を花を咲かせ、噎せるような甘い香りが濃密にあたりに漂っていた。薔薇だけではない、その向こうにある森も菩提樹や林檎の木にも白い花が咲き、地面には一斉に赤い罌粟（けし）の花が咲いている。ふたりの旅立ちを見送るかのように。

「本当にここにもどってこなくてもいいの？」

「……いいんだよ、彼らも私の門出を祝ってくれている。赤い罌粟の花の道を進んで行けば、無事に竜伯爵の山にたどり着く。赤い花が道しるべなんだよ」

フェレンツの馬が進むと、赤い花が風に揺らめき、なぜか一本の道ができあがっていく。

「この森……あなたと本当につながっているんだね」

「そう、番人だったからね」

本当に不思議なほど道がひらけていく。この前、日向が森にきたときはまったく道がなかったというのにフェレンツの前には、行き先を妨げるような木の枝や繁茂する雑草もない。通っていく道はすべてがなだらかで、まるで道案内するかのように赤い花が揺れている。

途中で休憩して作ってきたサンドイッチを食べ、また数時間、馬で進んでいくと、日向が落ちた滝壺の近くに着く。こんなに遠くの滝壺だったのに。やはりフェレンツはなにか特別な力があるのだろう。

「今夜はここで野営をする。竜を倒しにいくのは、明日の朝、明るくなってからがいい」

「あ、うん、フェレンツに任せるよ」

「……夜でも悪くないのだが、最後に日向と星空の下で過ごしたかったから」

「最後？」

フェレンツは視線をずらし、滝壺のほうをちらりと見た。

「そう、この森で過ごす最後だからね」

竜の洞窟の近くの麓にあるひらけた草原のようになった場所に彼のマントを敷いて野営することになった。横になると、満天の星空がやわらかくふたりの上空を覆っている。

「日向……疲れていないか？」

「大丈夫だよ」

「それならよかった」

透明な青白い月に照らされた静かな中欧の森の夜だった。

何という美しい月だろう。上空を見あげていると、日向の顔をフェレンツがじっと見つめていることに気づいた。

「どうしたの？」

「日向を愛してよかった。私を愛してくれてありがとう。日向と出会っていいことばかりだ」

耳もとに触れる彼の吐息に、日向は目を細めた。

「いいことばかりって、これから先、もっともっといいことがあるよ、もっと幸せに……」

幸せになろうよと言った日向の唇をフェレンツが愛しそうに撫でる。

「でもこれで一区切りがつくから、自分の気持ちを言っておきたかったんだ」

「……っ」

「日向がたくさん教えてくれた。そのことにどれほど感謝しているか」

「感謝ってどうして」

「こんなにも誰かを愛せるなんて考えたこともなかった。こんなにも誰かを愛しくなるなんて知らなかった。それを知ることができたことが嬉しくて幸せを噛み締めている」

「どうしたんだよ、急にそんなこと」

「なんか言ってみたかったんだ、きみに」

優しく微笑む彼の笑みを月明かりが照らす。その圧倒的なほど澄みきった優しい笑みに、胸が切な

くなっていく。

「ぼくも……そう言えるくらいフェレンツが好きだよ」

「二人で永遠に生きていく、それができたら」

——永遠に……。

「できるよ、それができたらどれほど幸せか。だからそうしていこう。結婚しよう、男同士だけど、できる教会もあるし、ハンガリーは同性のパートナーを登録することが可能だ。だから……」

静かな声で言った日向の腰をフェレンツが抱き寄せる。顔をあげると、彼の唇がその言葉の続きを呑みこんでいった。

「……ん……っ」

優しく、そっと愛おしげに唇を啄まれ、あふれそうなほどの切なさに胸がいっぱいになっていく。

「愛してくれてありがとう。いいんだ、それだけで。この森で愛しあえたら、それが私にとって最高の儀式になるのだから」

ありがとうと言われるたび、胸が痛むのはどうしてだろう。音もなく、風もなく、ただ月と星と森しかない、どこまでも静謐(せいひつ)で清浄な世界がふたりをそっと包んでいる。

不思議なほどに森の中は静かだった。他の生き物などいないかのように。

この一夜は二人だけの伴侶としての儀式。これは永遠の愛の誓いだ。

ひんやりとした森の中の、草原に敷いた彼のマントを寝床代わりに、これからもずっと一緒に生きていくのだと誓うように彼の背に腕をまわしていた。

その翌日、岩山の下に馬をつなぎ、フェレンツの案内で山を登り始めた。こんな道があったのかと驚くような、ずっと昔に造られたような岩石の螺旋状になった階段が洞窟の中にあった。

湿っぽいにおいと黴くささがあたりに漂うなかをひたすらのぼっていく。苔の光と鍾乳洞の明かりを頼りに、上にむかって。途中、滑りやすそうなところでフェレンツが手を差しのべてくれた。

そうして何時間かかけてのぼっていくと、ようやく竜伯爵に連れてこられた場所に着いた。

恐怖の記憶はなく、以前に感じたよりもずっと明るく、清潔で、ちゃんとした場所だと言うのがわかった。

「今の時間、竜伯爵はいない。予定通り、私がおびきよせる。竜伯爵の声が聞こえたら、短剣を持っていけ。後ろを向かせておくから、背中からひとつきするんだ」

「背中からなんて、抵抗されたら」

「大丈夫だ。竜伯爵が抵抗しないよう、私が何とかする」

「何とかって、相手は竜だよ」

「大丈夫だ。竜伯爵はそんなに強くない。いいな、声が聞こえたら、背中からその短剣を突き刺すんだ。そうすれば竜は消滅する。あとは、残った心臓を手にして、すぐにここを出るんだ」

「え……っ」

「それを袋に入れてさっきの道を下りて、馬の進むままに従い、まっすぐ太陽の沈む方向に向かえば、森の出口にたどり着ける。すぐに出られるように、森が馬を導いてくれるから」

「待って、そんなことをいきなり言われても」

「命の花を持って帰れば、生涯、贅沢ができるほどの莫大な財産が得られる。悪い親戚から逃れ、ブダペストに出て大学に行くのだって可能だし、もっと他の国に行くことだって。きみになにもあげるものがないから、せめてそれだけでも」

なぜ、彼はこんなことをここで矢継ぎ早に説明するのか。これではまるで彼がいなくなってしまうかのようだ。いつになく饒舌なのはどうしてだろう。

「一緒に自由になるんだよね。そのためにここにきているんだよね。何でそんなこと」

日向が腕をつかむと、フェレンツは視線をずらした。

「……私に危険が及んで……もしものことがあったときのことを言ってるんだ」

「そんなこと……あなたに危険が及ぶなんて……」

「念のため、言っているだけだ。大丈夫だから、迷うな。突き刺すんだ。そうすれば、私は自由になれる。きみも。私を自由にして欲しい。だから竜を後ろから刺せ」

フェレンツは日向を見ようとしない。焦燥を感じて不安になる。彼は刺し違えるつもりなのか？

「わかった、そうするけど」

日向はうなずいた。ようやく日向に視線をむけると、フェレンツは愛しそうに抱きしめてきた。

「愛してよかった。本当に良かった。だから前に進める。勇気を持って進もう。私はこれで自由になれる。ありがとう、決意してくれて。頼んだよ」

フェレンツは清々しいほど幸せな笑顔を見せた。その美しく純粋な笑み。昨日から感じていた不安がまた胸に広がる。なぜ彼はこんなことばかり言うのか。これが永遠の別れだと言わんばかりに。

「自由に、ああ、自由に」

「大好きだ、日向。本当に幸せだ。だから勇気を出そう」

「わかった、勇気を出すよ」

うながされ、日向は花嫁のための祠で待機することにした。

フェレンツは、一体どうやって竜伯爵をおびき寄せるのだろう。なにか方法を知っているだろうか。

花嫁の部屋で宝剣を見つめ、じっと佇んでいると、そこの祭壇に昨日のケーキが添えられていることに気づいた。ケーキだけではない。紫色の薔薇も、林檎も。それだけではない、葡萄もさくらんぼも、なにもかもあの古城にあったものがここに供えられている。

ああ、あの大鷲がこんなところに持ってきたのか。

（食べればよかったのに。いや、あの大鷲たちは竜のため、竜の花嫁のために用意して……）

思いやりのあるしもべたちだ。彼らは日向が竜伯爵を倒したらどんなふうに思うのだろう。深い哀しみを抱くのではないか。けれど竜伯爵を倒さなければフェレンツは自由になれない。そう、勇気を出さないと、迷ってはいけない。彼は従大叔父（いとこおおおじ）のハンスを殺せと命じるような生き物なんだから。

心のなかで己にそう言い聞かせ、胸に湧きかけた迷いを払うと、日向はそこに描かれた壁画を見た。

そのうちの最後の一枚が花嫁の部屋の天井に刻まれていたことに気づく。

ステンドグラスの割れていた一枚と同じモチーフの絵だった。過去に竜の花嫁として一緒に人生を全うした女性が一人だけいたと記されている。

竜と本当に愛しあったものは、竜の寿命を生き、竜とともに死ぬ。不老不死のように、若い人間の姿のまま、二人で薔薇の庭園に囲まれた古城で暮らし、森の番人として森とともに生きていく。そして時々、竜になった夫の背に乗って、花嫁はカルパテイアの雄大な森を遊泳する。だが、そうなったらもう二度と人間の社会には戻れない。

（え……これって……どういう……。薔薇の庭園……森の番人……）

どういうことなんだ、これって。なにか大切なことがわかりそうでわからない。そのとき、祭壇に一枚の新聞紙があることに気づいた。

「何で……こんなところに新聞が……えっ……」

それをひらくと、そこにハンスが逮捕されたニュースが載っていた。日付は、昨日、大鷲が持ってきた形に破られており、とすればつい一週間前のものだ。ウクライナで発見されたハンスは、ブダペストに連行された。竜に襲われて、大鷲にウクライナまで連れてこられたと訳のわからないことを口にしていたので精神鑑定を行ったが、問題なしとしてそのままオルツィ家の後継者の日向殺しの犯人として逮捕された——と記されている。そして日向は、川から血液反応のある衣服が見つかって死亡したと推定されているとも。

死亡……。そう、あの滝壺に落ちたとき、もうダメだと思った。息ができなくて苦しくて渦に飲み込まれて。それなのになぜか助かった。しかも滝壺から遠くに住んでいるフェレンツに助けられて。フェレンツは、日向は足以外に内臓も損傷して命の危機に瀕していたと言っていたが、それらしき傷跡が腹部にも胸部にも背中にもどこにもない。大怪我をしたはずなのに。一体、どういうことなのか。

日向は視線を壁にずらした。一瞬、壁の影のむこうに、あの滝壺の下の川面に浮かんでいる自分の姿が見えた気がして日向は息を吞んだ。胸部や腹部が傷つき、血まみれになった無残な状態で。

壁に刻まれた影。ふとなにか大切なことを思いだしそうになる。頭に靄がかかったようにして思い出せないのだが……耳の奥のほうでフェレンツの声が聞こえてくる。

『死ぬなっ、日向、死ぬな！』

そう、滝壺に落ちたあと、日向を見つけたのは彼だ。彼はそう言って日向になにか飲ませた。

『さあ、これを飲むんだ。どんな病や怪我にも効く竜の心臓……父の心臓のあとに咲いた花だ』

そうだ、そんなふうに言って、フェレンツは日向になにかを飲ませたのだ。

（えっ……でも……彼はどうしてぼくの名前を知ってるんだ。それに父の心臓？）

日向は発作的に花嫁の部屋――祠の扉にむかった。まさかまさか。

「フェレンツどこ？……竜が戻ってくる前に話が……」

竜の心臓を飲ませたの？　ぼくはもしかして死んでしまうところだったの？

祠の外に出ると、地面に赤い血痕が点在していた。フェレンツ？　血痕……。もしかして竜伯爵にやられたのか？　いや、違う、竜伯爵というのは……。

おそるおそる前に進んでいく。その瞬間、洞窟の入口のところ――バルコニーのようになった明るい場所に立っているフェレンツの姿を見て、日向は心臓が止まりそうになった。

「……っ」

日向が竜伯爵に抱かれた場所で、じっと裸体のまま立っているフェレンツの後ろ姿があった。

背中にも足にも銃で撃たれたような傷がある。

だがその血痕の正体は、彼の右手首の傷だった。

まったく治っていない様子だった。パックリと割れている。

「フェレンツ……」

昨夜もさっきも、妙に胸騒ぎをするようなことを言っていた。息を殺し、日向は足音を殺して、剣を手に彼に近づいていった。

そのとき、彼の身体の内側に赤い焔が透けて見えた。

「――――っ！」

身体がこわばった。日向の目の前で、こちらに背を向けたフェレンツの身体が赤く燃えあがったようになり、一瞬でその身が竜へと変化したのだ。

大きく翼を広げて、バサバサと音を立て竜がそこに姿を現した。

「日向っ！　いまだ、竜を刺せ」

聞こえたのは、竜伯爵の声なのか、フェレンツの声なのか。

「さあ、ひとつきで消滅する。早く突き刺すんだ」

その場で硬直し、日向は両目から涙を流していた。そう、そうだったのか。やはりそうだったのだ。

彼が竜伯爵の化身だったのだ。

「あ……っ」

これまでの彼の言動のすべてに納得ができた。そして不思議なほどの愛しさが湧いてきた。

憎しみはない。怒りもない。

なぜなら、彼は日向に殺されるため、ずっとこの瞬間を求めていたのだから。

あの腕の傷。あれは滝壺に落ちる寸前に日向がこの宝剣で刺したものだった。

なぜあの傷だけ治らないのか。それは宝剣によってできた傷だからだ。多分、背中をさしたら、彼は絶命する。それをさせるため、ここに連れてきたのだ。そしてちゃんと森の外に出られるようにして。自分の心臓を日向に与えようとして。

『もう戻らない』

蔵書を放置して、竜の伝説の本を燃やして、愛していた薔薇園を捨てて、最後にすべてに感謝の気持ちをこめて、魔除けのケーキを供えて――――。

(なんで……そんなことって……どうして……)

日向はたまらなくなって、竜伯爵の背をそっと抱き、そこにほおをあずけた。

「もういいよ、もういいから」

そして竜伯爵の前に行き、日向は彼をじっと見あげた。竜の目が哀しげな色を湛えている。

その赤い双眸、人間とは違う肌、でもはっきりと感じるぬくもり。身体の重み。そのすべてが愛しくて仕方なかった。こみあげてくる涙と熱いもの。日向はそのほおに手を伸ばしてキスをした。

「もういいんだよ、フェレンツ……」

「――っ！」

竜が息を呑むのがわかった。

「あなたを……殺すことなんてできない。こんなにも愛しているのに」

「殺すんだ、早く」

「何で？　殺させようなんてしないでくれ」

「竜という呪縛から私を解放してくれ」

「呪縛って」

「もうこれ以上、生きていたくない」

竜伯爵の呟きに日向は息を震わせた。

「え……どうして」

「淋しくて淋しくてどうしようもない。きみの言う通りだよ、私は自分の感情を殺して生きることで、ひとりぼっちの人生の淋しさから目を背けてきた」

「フェレンツ……」

「誰からも愛されないいんだよ。みんなから嫌われている。怖がられている。いやがる相手に媚薬を使い、無理やり目隠しをして快楽を植えつけて、だますような形でなければ子孫も作れない。こんな生き物……この世から消えるべきなんだ」

猛烈な彼の孤独に胸が締めつけられる。そう、フェレンツは、竜伯爵はいつも孤独だった。

「そんなこと言わないで。そんなことって」

「きみもそう言ったじゃないか」

「違うよ、あのときはなにもわかっていないからそう言っただけで……」

「誰も愛してくれない。もうこんな生き物は消えたほうがいいんだよ」

じっと見つめる竜の眼差し。その向こうに、あの薔薇園で孤独に生きていたフェレンツの姿が映る。ひとりぼっちで、闇夜に薔薇を作って、薔薇に話しかけて、ピアノを演奏していた。森とつながって、森の生命を守るものとして神が選んだ聖獣……それがあなたなんだね。

「違うよ、そんなことないよ。あなたは聖なる生き物なんだよ。あの薔薇は？　りんごの木は？　大鷲たちは？　罌粟の花だって、馬だって、狼だって、みんなあなたを愛している。彼らはあなたの愛によって、すこやかに生きてきた。あの古城もそうだよ」

「日向……っ」

「みんな、あなたの奏でるピアノの音によって、生命を与えられ、育まれていた。なんて素敵なんだろうと思ったんだ、月夜のなか、あなたからあふれるような生命のメロディが奏でられるのが」

そう、素敵だ。本当に素敵だった。でもあそこに彼はひとりぼっち……。

「大丈夫、これからぼくがいる。あなたを愛していく。だから命をまっとうして」

「え……」

「ここで生きていく。あなたと。あの壁画に描かれていたように。竜の花嫁として、ここで生きていく。二度と人間の社会に戻らない。あなたの心臓なんていらない。それよりもこの森で一緒に生きて一緒に死のう。ぼくがいればあなたはひとりぼっちじゃないから」

「日向……本気で言っているのか……」

「たくさん愛を育もう。二人で。ぼくはあなたを愛して、あなたに育まれた森を愛して、ここで生きてここで死ぬ」

日向は竜の顔を抱きしめた。湧いてくる愛しさ。彼を愛するために自分は存在する。彼の花嫁になるためにこの世に生まれてきた。そんな気持ちすら芽生えてくる。

「日向……だけど私はきみを犯して」

「いいんだよ、そんなこと……もう」

「きみから教えられるまで、その意味がわからなかったんだ。それできみの心を傷つけてしまうなんてわからなかった。愛する相手にそんなことをするなんて……なんで私は」

「いいよ、その気持ち、もうわかってるから」

日向は竜の頭を抱きしめたまま、あやすようにその後頭部を撫でた。

「連れてきてすまなかった」

「謝らないで。それよりもぼくを助けてくれてありがとう」

「いいのか、この森から一生出られなくても」

「幸せだよ、フェレンツと一緒なら」

自分もずっと愛が欲しかった。こみあげてくる愛しさにきりきりと胸が痛くなる。

「お願い……ぼくのために」

日向は手にしていた短剣を渓谷に放り投げた。

「日向……」

「あんなものいらない。フェレンツを殺す道具なんてぼくには必要ない」

「いいのか、あれがなくなったらきみは……」

「いいって言っただろう。だから一緒に生きていこう」

「ありがとう、日向」

優しく、いつくしむような仕草で彼の舌先が日向の涙をすくいあげていく。

「フェレンツ」

うっすらと日向はまぶたをひらいた。ニッコリと微笑すると、竜伯爵は初めて幸せそうな笑顔を見せた。かわいいと思った。

「では、ついてきてくれ。カルパティアの森に花嫁を紹介する」

竜は翼を大きくひらいた。何て美しい翼だろう。

「ここに？」

「そう、座ってくれ」

いいのかなと思いながら、竜の首後ろに座ると、バサバサと大きく音を立てて、彼が洞窟を飛び立った。

雄大な大空を進んでいく竜伯爵。一斉に鷲や鷹が空に飛び立ち、二人の後をついてくる。

下の方には、雄大な緑の森が広がっている。薔薇園も見えた。豊かな中欧のブナの森、そして遠くには大草原が見えた。赤い色をした夕日が燃えるように草原を赤く染めている。

なんという美しい風景だろう。あのずっと先には人間の社会がある。もう二度と戻らない世界。あちらの世界では日向は死んだことになっている。

大空をゆったりと旋回したあと、竜伯爵は岩山の頂上に行き、翼を閉じて日向を下ろした。はるか彼方――大草原の手前に日向のいた村があるのだろう。何となく動いているものが見える気がした。

眼下には金色に染まった森が焔の海のように広がっているが、大草原の彼方の陰影が少しずつ濃くなり、紫がかった夜の帳（とばり）に沈んでいく。やがて大草原や人間の住むあたりが薄闇の底に消えると風が冷たくなってきた。大きく翼を広げ、下から吹きあがってくる風から日向を守ろうとする竜伯爵。その心遣いに胸が熱くなって見あげると、赤い彼の双眸が包みこむように日向を捉えていた。

青でも赤でも優しさの色は変わらない。日向はそっとその翼にもたれかかった。とてもあたたかくて気持ちがいい。こうしていると、魂の深いところがつながっている気がして心から満たされていく。この道を選んでよかった、としみじみ思う。彼とここで生きていく人生を選んで。

「……もう嘘はないんだね」

竜に話しかけると、彼が不思議そうに首をかしげる。

「嘘――?」

「ハンスを殺せと命じたって。生きて、逮捕されたことくらい知ってるよ」

「すまなかった……つい……きみを……」

竜が視線をずらす。ああ、フェレンツと同じ癖だと思った。気まずいことがあると目線をずらす。

フェレンツは嘘をつくとき、いつもそうしていた。

(疑ってごめんね。そうだよね。ひとを殺せるわけがないんだ。この猛烈に淋しい生き物に)

そんなふうに感じながら、日向は彼方に消えた人間の世界に心のなかで別れを告げた。もう戻れなくてもいい。ここでこうしているほうが幸せだから。


その夜、竜になった彼に抱かれた。あのときとは違って愛しく慈しむようにあの岩場で。

「大好きだ、日向」

彼の舌からあふれ出す蜜液がもたらす快感は変わらないのに、あのときよりも幸せな快感に思えた。それは愛しあっているからだろう。愛というのは魔法のようだ。竜でも人間でも愛しければ同じだ。あまりの心地よさにのけぞり、全身を身悶えさせている日向の影が壁に映っている。性交のときだけ相手に合わせた体軀になると言われている通り、竜伯爵の影は日向をすっぽり包む程度の大きさに変化していた。

衣服がはだけた日向の姿を、竜の赤い眼差しが焼けるようにじっくりと確かめていく。

「どうしたの……何でそんなふうに」

じりじりとその眼差しに皮膚がすみずみまで灼かれていくようで恥ずかしい。

「違うんだ、人間で見るときよりもずっと細やかに日向の姿がわかるんだ」

「細やか？」

「そう、オーラのようなものが」

「なに……、それ」

「輝いている。だからあのとき、捕まえてしまったんだ。相手は竜伯爵だけだと、きみが言ったからというのもあるが、オーラが輝いていた。美しい魂の持ち主だというのがはっきりとわかった。そしてその光に愛しさを感じたのが私の恋の始まりだった」

「フェレンツ……」

「愛しさ……というよりも、あのときは感情がなかったので、ただ惹かれただけだが……」

と言って少し考えこんだような顔をすると、竜伯爵は小声で言った。

「いや、違う、最初から愛していた」

そうして熱っぽく視線を注がれる。

そんなふうに言われるととても恥ずかしい。見られているだけで、日向の陰茎はゆっくりと形を変え始め、生あたたかな露を足の間に滴らせてしまう。

「竜相手にも反応してくれて嬉しいよ」

「愛しているから」

「それは嬉しい」

そのままぎゅっと感じやすい乳首を二つに割れた舌で揉み潰された。たちまち火が奔ったような快感が脳まで駆けのぼっていく。この前とは違って心地よい幸せな快感が全身を包む。

「あ……あっ、あぁっ……っ……く……ああっ、あっ、ああ！」

その舌先に溢れる蜜から、ふいに濃厚で馥郁（ふくいく）とした匂いが漂ってきた。記憶のなかにあるあの紫色の薔薇の香り。愛おしそうにフェレンツがキスしていた薔薇の、やわらかでふっくらとした花弁を思いだす。ああ、あれは竜伯爵の、そしてフェレンツに共通する香りだったのだと思うと、全身に蕩けてくる彼の蜜液がとてつもなく狂おしいものに思えてくる。

「は……ふ――っ……ん」

快楽を与えようと貪欲に弄ってくる舌先。感じやすい乳首はぷっくりと膨らみ、皮膚に押しこむような強さで舌先に嬲られているとたまらなく心地よくなっていく。日向の胸は乳輪ごとピンと張りつめ、下着のなかは性器から滲む蜜で蒸れ、腿の内側までぐっしょりと濡れていた。

「ああっ……ああっ……っ」

悶えれば悶えるほど、胸を可愛がる舌の動きが加速していく。舌のざらつきや熱さまで敏感に伝わってきて、その悩ましさになぜか腰のあたりが痺れて日向は絶頂を迎えそうになってしまう。

「ああっ……もう……ああっ」

こらえきれず、全身がぴりりと痺れたかと思うと、身体の奥から一気に熱がほとばしってしまう。どくどく……とあふれる露を舌に絡めとると、竜は日向の後孔を蜜液ごと嬲りはじめた。

「……待って……そこは……待って……訊きたいことが」

息をはずませながら言う日向に、竜伯爵の動きがピタリと止まる。日向は思い切って問いかけた。

「子供……作るの？」

心地よさに酔いながら、日向は尋ねた。そうなってもいいと覚悟しながら。

「いや」

「どうして」

「私で絶滅したいんだ」

「フェレンツ……」

「私が最高に幸せだから。でも世界中に日向のような人間がいるとは限らない。子供に哀しみを与えたくない。だから、私で終わらせる」

「そんな……」

「いいんだ、ただ私の生の終わりに、最高に愛する相手がいるだけで」

「じゃあ……身体をつなげても子供はできないの？」

「互いが望まなければ……互いが欲しいと思わなければ……きみは子を宿すことはない。これまでの花嫁は……目隠しをして、肉体を快楽の虜にさせ、子を欲しいと思わせた。でもきみは違う」

だから安心しろ、と呟くと竜伯爵は日向の腰に手をかけた。一瞬、このあとのつながりの恐怖を思い出し、全身を強張らせたものの、日向は淡く微笑して身体の力をゆるめた。子供ができてもいいのに。けれど彼はそれを望んでいない。だからできない……ということなのか。

「ん……っ……ふ……ああっ」

やがて張りつめたものが日向の体内へと挿りこんでくる。子作りではなく、ただ純粋に愛を誓うだけの竜と人間の媾合。ふるふると蠕動(ぜんどう)する粘膜が滾(たぎ)ったもの咥えこみ、奥へと誘いこんでいく。人間のものよりもずっと大きくて長い肉塊が蜜液にまみれた肉壺の内側へとねじこまれる。その猛烈な圧迫感に痛みを感じたものの、愛する相手のもので窄まりを埋められていく充溢感はフェレンツのときと変わらない、そう思った。硬い肉棒をぐいぐいと押しこまれ、感じやすい粘膜をこすられ、日向は呼吸を激しく乱しながら、身をのけぞらせた。

「あ……はあ……あっ……好き……大好き……大好きだから……」

その言葉にぴたりと竜伯爵が動きを止める。しかし体内では彼の屹立が激しく脈打っていた。

「私も……大好きだ。だから誓う、私はきみのものだ。きみの伴侶となって、この愛に殉じる」

懇願してくる竜伯爵の声が切ない。そのむこうにフェレンツの魂が見える。そのすべてが愛しい。

「ぼくも……ぼくもあなたのものだよ。あなたの花嫁になる。死ぬまでそばにいる本物の花嫁に」

「誓ってくれ。竜と同じ寿命を与える。記憶も失わさせない。永遠に森から出なくても竜のつがい、竜の花嫁として一生を共にすると」

「誓う、一生を共に」

そうして彼の顔に手を伸ばして、口の先にキスをする。つながったまま、愛しさのままキスをしたそのとき、竜伯爵が体内で弾けるのがわかった。その瞬間、自分が彼と同じ寿命になったことを日向は実感した。

「さあ、こっちへ」

人間にもどったフェレンツに抱きあげられ、絶景の見える岩場の温泉へと連れて行かれる。

花嫁の沐浴場として使用されている場所のようだが、日向は彼と一緒に入って新婚旅行のようにここで過ごそうと提案した。

日本人の父親が話してくれた昔話。日向が生まれる前、母と新婚旅行がてら日本に行き、二人で入った温泉がとてもよかったと話をしていたのを急に思いだしたのだ。

「夢みたい。あなたとこんなふうに幸せな時間を過ごせるなんて」

白色の温泉のなか、日向は裸身になったフェレンツに後ろから抱きしめられるようにして湯に浸かった。彼が腕を伸ばし、日向をその胸に抱き寄せようとする。そのとき、彼の腕にそれまであった傷がまったくないことに気づき、日向は息を震わせた。

「傷……ふさがってる、どうして……。あれだけひどかったのに……信じられない、傷跡がない」

「今ごろ気づいたのか、竜のときも傷跡なんてなかったのに」

「人間の姿のときにいつも心配していたから……でもどうしてこんなことに」

「私を傷つけた剣……あれは神から与えられたもので、普通の剣ではないんだ」

「え……」

「剣の持ち主——オルツィ家の人間の気持ちに連動し、その気持ちによって竜伯爵の傷の状態も変化する。私の肉体に傷が残っていたときは、きみのなかに竜伯爵への憎しみがまだ残っていた。竜伯爵への憎しみが激しければ、きみの手でも殺すのは容易だった。だが、今は傷がない。もうきみのなかの憎しみが消えた証拠だ」

憎しみに連動していたなんて。剣を捨てたことに、日向は改めてホッとして微笑した。

「よかった、憎しみが消えて。……それから、よかった、剣を捨てて。心のなかの憎しみと連動する剣なんて……いらないよ。そんなもの持ちたくない……二度と手にしない。ううん、もう二度と手にする必要がない。だって……ぼくのなかに竜伯爵への憎しみが湧くことなんてないんだから」

そうだ、あふれそうなほどのこの熱くて狂おしい彼への愛以外の感情が自分のなかで芽生えることなんて絶対にないのだから。

「あの剣は……きっともう永遠に見つからないと思う。多分森のなかで消えているはずだよ」

きっぱりと言った日向に、フェレンツが「どうしてそう思う？」と不思議そうに首をかしげる。

「ぼくの憎しみはもう消えているから。竜伯爵の……そう、あなたの深い愛によって、ぼくの心が浄化されて……今はもう愛しかないから」

うっすらとこみあげてくる涙と熱い想い。浅く息を飲み、フェレンツが湯のなかで慈しむように日向を後ろから抱きしめる。

ポトリ……と首筋に落ちてきたあたたかい雫は彼の涙なのか湯なのか。

「ありがとう、日向……私を愛してくれて……ありがとう……こんな幸せが私の人生に訪れるなんて……夢のようだ……。生きていてよかった……本当にありがとう」

切なげに、祈るように告げるフェレンツの言葉に、胸が痛くなってまぶたがどうしようもないほど熱くなってくる。

ありがとうを告げるのは自分のほうなのに。生きていてよかったと思うのも、幸せに感謝するのも全部全部自分のほうだ。この愛しい人とめぐり逢えたことと、一緒に生きていける未来に。

「ありがとう……フェレンツ……」

日向はフェレンツの手をとると、かつて傷跡のあった皮膚にそっと唇を寄せた。驚いたように手を震わせ、フェレンツが後ろから顔をのぞきこんでくる。

「ありがとう、命を助けてくれて。おいしい食事やお菓子をいっぱい作ってくれて。……そしてこんなにも深く愛してくれて……」

「まだまだ、まだ深くなんていえない……。まだ足りない……もっともっときみを愛したい。もっときみを感じたい」

狂おしげにフェレンツが首筋に顔を埋めてくる。湯のなかで彼の指がツンツンと優しく乳首をつついたかと思うと、下肢に伸びてきた手のひらに性器をにぎりしめられ、日向は息を震わせた。

「ん……っ……ふ……っ」

少しでも動いただけで湯が跳ねあがる。しっとりとうなじに唇を押しつけ、そこの皮膚を切なげに吸いながら、フェレンツの指がやわやわと乳首を捏ね始め、硬くしこったそれが刺激を求めてさらに膨らむのがわかって恥ずかしくなってきた。もっと、もっと……とねだるかのように、湯のなかで日向のものが形を変え、とろとろとした雫を漏らしている。

「ああ……っ……や……もう……そんな……っ……待って……さっきしたばかりなのに」

「さっきのは竜の私だ。人間の私もきみを愛したくて……暴走しそうになっている」

竜と人間……。同じフェレンツじゃないか……と言いたかったが、腰を抱えこまれ、硬く猛ったものの先端が後ろの窄まりに触れたとたん、腰の奥が熱く疼き、彼を求めて内側の肉が淫らにわななき始めた。欲しい、そこをいっぱいにしてほしい、竜のものだけでなく、人間の彼のもので。体内の粘膜が浅ましいほど妖しく収斂(しゅうれん)し、早く彼のもので満たされたくて蕩けそうになっている。

「はあ……く…………ああっ」

ゆっくりと挿ってくる猛々しい肉塊。張りだしたそれにめいっぱい媚肉を広げられ、下から貫かれていく。熱い……たまらなく熱くて硬い――――そんなものが身体のなかを埋めていく。

「あ……ああっ……熱い……あなたのが……熱くて……ああ」

息苦しさにこらえきれず身をよじらせると、湯がぴしゃりとはねあがって日向のほおを濡らす。

「日向……すごい……きみのなかも熱くて……狭いのにやわらかくて……とてもいい」

後ろからその濡れたほおにキスしながら、彼の胸と日向の背中をさらに密着させようと強く抱きしめてフェレンツがつながりを深めていく。

その灼熱、その硬さ、それが体内でどくどくと脈打つだけで、どうしようもない愛しさが突きあがってくる。

纏いつくように日向の内部はふるふると収斂し、フェレンツの牡を奥へと吸いこんでいく。

「ああっ、あっ、ああ！」

声をあげると、フェレンツがさらに腰を進めてくる。ぐいぐいと下からいっぱいいっぱいにされ、圧迫感と膨脹感に背筋から脳まで一気に痺れていくような感覚が襲ってくる。

「ああっ、すご……そこ……そう……いいっ……ああっ」

こうして生きていく。こうしてここで、この洞窟や森のなかでふたりだけで生きていくのだと思うと、果てしない幸福感が日向の胸を覆う。

この先、どのくらい彼の寿命があるかわからないけれど。

もうこの先、竜伯爵が村の祭に行くことはない。もう竜伯爵が花嫁を求めることはない。

（そう……生贄の花嫁を選ぶ儀式は……もう終わり）

竜伯爵とその伴侶の物語が今日から新たに始まるのだから、生贄の花嫁としてではなく、愛し愛されて生涯をともにする伴侶との幸せな物語が。

いつか子供が欲しいとフェレンツに言ってみよう、日向はそう思っていた。

彼は、日向のようなものはもう現れないと言っていたが、真実の愛がわかる人間は絶対にいるはずだから、自分たちが愛を教えて、愛を与えられる竜を育てようと。

竜伯爵の住む奥深い中欧の岩山。そこでいつまでも幸せに暮らす竜伯爵の夫婦。愛によって結ばれた二人は、美しい中欧の森に永遠に守られ、幸せな人生を過ごすことになるだろう。

その夜、日向は夢を見た。

大きな竜の卵を抱いている自分と、そんな自分を抱きしめているフェレンツの夢を。

愛し合った二人の……。

頭上からは、甘い香りの紫色の薔薇の花が舞い落ち、幸せの色に染まった豊かな森がどこまでも彼らを見守っている、そんな夢を——。

こんにちは。「竜伯爵の花嫁選び」楽しんでいただけましたか？

今回は、中欧が舞台の竜のお話。溺愛スパダリ貴族フェレンツと明るい健気受の日向（ひなた）の、王道メルヘンを目指しました。あ、でも何か違ってますよね、〇姦もありますし、美しい貴族なのに、フェレンツ、薔薇とお菓子作りが好きで、淋しがりやで、ピアノが得意……と、王道のスパダリからズレていますし。でも前向きな日向とはバランスが取れていますよね。

今回の舞台はハンガリーですが、ブダペスト等の都会にいきなり竜が現れたらゴジラみたいになるかもと思い、迷信深い辺境、国境沿いの森の中をメインにしました。その方がミステリアスで、お伽話っぽいですよね。

ｙｏｃｏ先生、芸術的で詩情あふれる素敵な絵をありがとうございます。カラーもモノクロも神秘的で奥深くて、ご一緒できまして大変幸せです。

担当様にもいつもお世話になり、感謝の言葉もありません。ご迷惑をかけてばかりで心苦しいのですが、今後ともどうぞよろしくお願いします。

最後になりましたが、ここまで読んでくださった皆様、本当にありがとうございます。異種純愛メルヘン……少しでも楽しんで頂けたら嬉しいです。よかったら感想などお聞かせ頂けましたら幸せです。

CROSS NOVELSをお買い上げいただき
ありがとうございます。
この本を読んだご意見・ご感想をお寄せください。
〒110-8625
東京都台東区東上野2-8-7　笠倉出版社
CROSS NOVELS 編集部
「華藤えれな先生」係／「yoco先生」係

CROSS NOVELS

竜伯爵の花嫁選び

著者

華藤えれな

2018年5月23日　初版発行　検印廃止

発行者　笠倉伸夫
発行所　株式会社 笠倉出版社
〒110-8625　東京都台東区東上野2-8-7　笠倉ビル
［営業］TEL　0120-984-164
FAX　03-4355-1109
［編集］TEL　03-4355-1103
FAX　03-5846-3493
http://www.kasakura.co.jp/
振替口座　00130-9-75686
印刷　株式会社 光邦
装丁　斉藤麻実子〈Asanomi Graphic〉
ISBN 978-4-7730-8883-0
Printed in Japan